PRESS DIONYSUS

2021

First published in 2021 by PRESS DIONYSUS LTD in the UK, 167, Portland Road, N15 4SZ, London.

www.pressdionysus.com
www.dionysusyayinlari.com

Paperback

ISBN: 978-1-913961-14-5

Kahraman Ferdinand

Derleyenler
İnci Gürbüzatik
Dursaliye Şahan

Öykü

PRESS DIONYSUS

Press Dionysus •
ISBN- 978-1-913961-14-5
© Press Dionysus
Birinci Baskı, 2021

Kapak Resmi: Ali Özgür
Kapak Tasarım: S.Deniz Akıncı
İllüstrasyon: Özlem Meriç Akıncı

Press Dionysus -
Dionysus Yayınları
• e-mail: dionysusyayinlari@gmail.com
• web: www.dionysusyayinlari.com

İÇİNDEKİLER

ÖNSÖZ

Her kurban bayramında gülüp geçtiğimiz magazin bir haber, kanıksanmış, sıradan bir olaydır kurbanın kaçışı. Hayvanın el birliğiyle yakalanması da kaçınılmaz, ibretlik bir sondur. Bizim, bu öykü kitabında sözünü ettiğimiz kurbanlığın hikâyesini onlardan farklı kılan, firarının alışılmışın dışında, hayranlık uyandırışı, yakalandığında da artık kesilemeyecek, özgürce yaşayacak oluşuydu. Hayvanın nefes kesen firarı *"işte tam yazılıp ders çıkartılacak bir hikâye"* denilen türdendi. Boğa, kesimden kaçmış, uzun uğraşlar, mücadeleler sonunda yine de yakalanamamış, üstelik sır oluvermişti. Dahasını dört gün sonra öğrendiğimizde, boğanın kararlılığı konusunda şaşkın, derin derin düşünmeye başlamıştık bile. Rize'nin İyidere ilçesinde bayramın ilk günü hayvan pazarından kaçıp bayramın dördüncü günü Trabzon'un Sürmene ilçesi deniz ufkunda bir mucize gibi belirivermişti. Gözlerine inanamamıştı boğayı denizde gören balıkçılar. Sahil Güvenlik'in sudan güçlükle çıkarttığı boğa, insanlığa örnekti işte. Karaya çıktığında yere basamıyordu. Bedeninde oluşan yaralarla bir kahramandı zaten gözümüzde. Tam dört gün denizde akıntıya karşı yüzmüş, ya da akıntı onu kilometrelerce uzaktaki

Sürmene'ye sürüklemişti. Dalgalar arasında yaşadığı o dört günü, keşke dili olsa da ondan dinleyebilseydik. Sanatçı Haluk Levent'in öncülüğündeki Ahbap'ın onu satın alıp kesimden kurtarışı, İzmir'de bir hayvan barınağına taşınması, artık kurban edilmeyecek olması, tam öykülük bir konu, kaçak boğa da öykü kahramanının ta kendisiydi gözümüzde. Onun özgürlük isteği bağlamında, dünyada ve ülkemizde giderek vahametini arttıran, her tür doğa, canlı hak ihlallerine, acımasız katliamlara, hoyratça, canice yok edilişlere karşı bir tepkidir yazdıklarımız. Ferdinand'ın bireysel mücadelesi, her an yaşadığımız, son zamanlarda zirvesini gördüğümüz kadın cinayetlerine, çocuk, hayvan, çevre, ağaç, canlı cansızlara karşı yapılan bütün yıkımlara karşı yükselttiğimiz bir çığlıktır.

Bir olayı öyküleştirmek onu unutulmaktan kurtarır. Öykü, olay ve kahramanını ölümsüz kılar, belgeler çünkü. Ölüme direnip olağanüstü bir çabayla yaşama kaçan mucizevi bir boğa, magazinin değil öykünün konusudur bizim için. Ölüme boyun eğmeyen "o" asi boğanın yaşam direnci, mücadelesi, gözü kara kaçış serüveni sözümüzdür. Onun yaşam mucizesini öyküleştirerek belgelerken biz de onun gibi firardaydık. Biz de daha iyi, yaşanası bir dünya, ülke için onun korku dolu gözlerinden umuda kulaç attık. Boğa Ferdinand'ın başardığı sıra dışı yaşam mücadelesidir bize öykülerimizi yazdıran. Öykülerimiz tarihe gereken notu düşmüştür artık.

İnci Gürbüzatik

LEYLA SERPİL

KAÇ DANA KAÇ

Bayram sofrası kuruyor Naciye. Önden düğün çorbası, sonra ev sahibinin sabah getirdiği kurban etinden kavurma, yanına pilav ve salata. Ardından kadayıf. Küçük bir kutu da kaymak aldı bayramdır diyerek. Oğlanlar iştahla masaya oturmayı beklerken itişip kakışıyor, bağrışıp çağrışıyorlar. Mahmut bütün görkemiyle koltuğa yayılmış, bir yandan haberlere bakarken bir yandan da gözünün ucuyla çocukları izliyor. Arada bir de bağırıyor: "Kesin lan gürültüyü!"

Tabaklar, bardaklar, çatal, bıçak. Ekmek, tuz, biber, tencere altlığı. Her şey tamam. Oturacaklar. Haydi çocuklar sofrayaaa, diye bağıracakken gözü televizyona takılıyor ve elinde çorba tenceresi, öylece kalıyor salonun ortasında Naciye.

"Rize'nin İyidere ilçesinde, tam kesilmek üzereyken kaçan dana henüz bulunamadı" diyor spiker. *Kaçtı bulunamadı, kaçtı bulunamadı, kaçtı bulunamadı…* Birden gözlerinden süzülüveren iki damla yaşı görmesinler diye başını eğiyor.

Kaçmış... Kaçmış... Kaçmış... Kim?.. Kim?... Dana. Naciye. Naciye kaçmış. Nereye? Kocaya. Aaa!.. Aaa... Tam kesilecekken! Koca dana... Nasıl yani? Abovvv kaçmış mı sonunda? Bütün şehir peşine düşmüş. Bıçağını bilemiş ki kılıçtan keskin. Gebertecem lan onu. Arıyorlarmış köşe bucak. Yusuf'la mı kaçmış? Heee. Vah vaah! Koca danayı tutamamışlar mı? Bunca eziyete kaçar tabii kız, oh iyi olmuş! Yakalanmış mı? Kim? Dana. Yok, ne gezer! Yazık değil mi güzeller güzeli kız, o Mahmut ayısına! Danasının derdine yanıp duruyormuş adam. Nereye kaçmışlar? Babası izini sürüyormuş... Bakalım. Amanın bulursa var ya... Kaç dana kaç! Parça parça doğrar kızı. Vicdansız... Bulamaz inşallah. Kaç dana kaç... Ya bulucam ya bulucam, diyormuş. Nereye kadar kaçacak? Elinde bıçak, kesecek ellaam. Keser mi? Keser mi keser valla... Madem elinde bıçak! Kim? Kimi? Kızı. Danayı. Kaç dana kaç!

"N'oldu hanım, öyle kalakaldın trene bakan öküz gibi." İncindiğini belli etmiyor: "Hayır, trene bakan öküz değil, danaya bakan kadınım ben." "Hani lan nerde dana?" "Kaçmış. Duymadın mı?" "Kaçmışsa nerde görüyon kız sen danayı, güldürme adamı." Taaa içimde, demiyor da haydi masaya gelin, diyor sesi kırık.

Çorbalarını koyup mutfağa kaçıyor gözlerine yeniden hücum eden yaşlarla. Bağıra bağıra ağlamak... Olası mı? Ağlamak özgürlüğü bile yoksa insanın... *Kaç dana kaç! Sakın yakalanma, sakın bulamasınlar seni. Kaç git, ormanda saklan bir ağacın ardına. Ağla ağlayabildiğin kadar.*

Yusuf'a kaçtı. Ne yapsaydı? Ablası gibi istemediği birine varıp ömür boyu mutsuzluğa mahkûm mu olsaydı? Hoş, sonuç farklı mı oldu sanki! Ama böyle biteceğini daha bilmiyorlardı. Daha umut vardı. Yusuf'un yalnız yaşayan teyzesinin evine sığındılar. Gençlik işte! Oysa bulunacakları gün gibi açık. Nikâh işlemleri sürüyor. Yusuf onun olsun istiyor ama evlenmeden olmaz diyor Naciye. Keşke olsaydı. Korku yüreğinde taş. İmzayı bir atabilseler sonrasında artık yapabileceği bir şey kalmaz babasının.

"Kız nerdesin? Gelsene şu masaya!" Gözyaşlarını sildi, kavurma tenceresini alıp masaya döndü. Ortada tuhaf bir durum olduğunun ayrımına varan oğlanlar yadırgayan bakışlarla süzdüler analarını ama bir şey sormadılar. Mahmut da uzatmadı öküzdü, danaydı. Yemekler afiyetle yenilip kalkıldı. Eline sağlık diyen olmadı. Beklemiyor ki zaten. O, şimdi onlarla değil, danayla. *Kaç dana kaç!* Kendisi kaçamıyor. İstemediği adamla evlendirildi. İstemeden çocuklar doğurdu. Ayaklarında pranga, kımıldayamıyor yerinden. Değil kaçmak, dilediğince ağlamak özgürlüğü bile yok.

Naciye bayram boyunca hep televizyona baktı, belki danadan bir haber alır. Gelen giden, gitmeler gelmeler, lokumlar şekerler… Bayram ya. Dana bulundu mu? Hayır. Ara, tara yer yarıldı dibine geçti. *Ohhh, kaç dana kaç! Saklan, bulamasınlar seni.*

Dördüncü gün bulundu dana; yorgun, bitkin. Denize kaçmış, ormana değil. Trabzon'un Sürmene ilçesinde sahile çıktı. Şaştı herkes, nasıl da bunca yüzebilmiş diye. Özgürlük aşkı mı, can telaşı mı?

Kapıda babasını gördüğünde bayılıvermiş. Yusuf yiğitçe savaşmış ama o görememiş, baygın. Seviyoruz birbirimizi. Kötü bir şey yapmıyoruz, bırakın bizi, demiş. Bir temiz sopa yemiş. "Sen kim oluyonlanitoğlu it! Gebertirim ikinizi de!

Doğrarım kıtırkıtır!"

Eve döndü tırıs tırıs babasının ardı sıra. Kaçamadı, kurtulamadı.

Kaçamadı işte dana. Bu kez ağladı Naciye hem de bağıra bağıra hem de cinnetli gibi döne döne. Kimse anlamadı neye ağladığını. "Bilseydi ki yakalanan dananın akıbeti kendisininkine benzemeyecek, dana iyi ellere düşecek, üstelik bir adı bile olacak ve Ferdinand bir çiftlikte özgürce yaşayacak... Yine de öyle ağlar mıydı?"

SÜREYYA KÖLE

FERDİNAND BİR ÖZGÜRLÜK MASALI

Kahraman Ferdinand'ın kurtuluş haberi, radyonun paslı hoparlöründen yükselip geminin katları arasında yankılandığında, bu sevindirici gelişme -kargo bölümündeki yolcular hariçtüm mürettebat tarafından büyük bir coşkuyla karşılandı. Ki o zaman henüz Ferdinand, Ferdinand adını almış değildi. Haberde, "genç bir boğa" olarak anılıyordu.

Gösterilen yiğitliğin ada ulandığı zamanlarda olsa neler, neler yakıştırılmazdı ki Ferdinand'a? Hangi adlar layık görülmezdi? Onca engeli aşıp denizi bulması, üç koca gün azgın dalgalarla boğuşup hayatta kalması az şey miydi? Cesaretse cesaret, güçse güç...

"Siz o habere kulak asmayın," dedi, ağzındaki gevişi diliyle dişleri arasında götürüp getirirken, "Bu ara pek bir moda oldu bu kaçmalar. Sonuç her zaman bıçağın ağzıdır, unutmayın."

"Mesela, Bay Lukasz, değil mi efendim? Sahibinin elinden kurtulup Nyskie Gölü'ndeki adalardan birine sığınan o aptal boğa. Şimdi kim bilir hangi sucuğun içinde huzur bulmuştur?"

Ortaya atılan lafa karşılık veren, başı, gövdesine gömülü, boyunsuz Norveç Kızılı'ndan başkası değildi. Sonuna kadar damızlık olarak görülmesinin rahatlığıyla konuşuyordu kuşkusuz. O nedenle, az sayıdaki, en az kendisi kadar ayrıcalıklı boğayla özel bir bölümde tutuluyordu ya; kesimliklerle aralarına çekilmiş tahta perdenin ardında.

Herkesin gözü önünde, onca ağırlıkta üç zavallı hayvancığı geminin güvertesinden limana fırlatarak -ki bunun için kafasını üç kez hareket ettirmesi yetmişti- "Efendim" denilmeyi çoktan hak eden İngiliz Şarolesi, "Haa şu Polonyalı boğa, evet," dedi, aşağılayan bir sesle, "Tam bir komedi!"

Ferdinand'a gelince, o, tam da bu sırada, çiftlik hayvanları barınağında -dünyanın dört bir tarafında, hatta okyanuslarda bile namının yürüdüğünden habersiz- solu üzerine devrilmiş, hâlâ sudaymışçasına ayaklarını önden geriye doğru çekip duruyor, düşle hayal arası bir yerde, herkesin anlayamayacağı türden, tuhaf sesler çıkarıyordu.

"U-a a-u-a/ Ururu- şarkımla- o büyüsün/ Ururu- şarkımla- kocaman olsun/ Gel uyku, gel uyku/ Gel oğulumun olduğu yere/ Acele et uyku/ Duraksız gözlerini uyut/ Elini renkli gözlerine koy/ Ve ağulayan dili ile/ Uykusunu bozdurtma."

Bir gülümseme yayıldı Ferdinand'ın yorgun, kahverengi yüzüne; ancak bir anne ninnisiyle yakalanabilecek o sonsuz huzur yerleşti. Sonra birden nasılsa, bedeni kasılmaya, soluk alıp verişi hızlanmaya başladı. Görenler, onun bir düşün içinde yol aldığını bildi o dakikada, bir bilinmezde savrulduğunu.

Bulutlara yakın bir yerde rüzgâra karşı direnir buldu kendini Ferdinand; pamuktan bir denize doğru kulaç attığını gördü. "Oysa kanatlarım olmalıydı benim," dedi havadaki haline onca şaşırmış, "Ayak yerine, kanatlarımı çırpmalıydım şimdi." İyi de bir boğa, nasıl...

"Denizatı olur da gökboğası olmaz mı, a şaşkın!" dedi. Sesi

gök gürültüsüydü, yüzü karanlık. "Tanrı bilir, senin, Gökyüzü Boğası'ndan da haberin yoktur şimdi."

Ne tarafa bakacağını bilemeden, önünde uzanan boşluğa doğru konuştu, "Şey..." dedi, çekingen, "Annem masalını anlatmıştı bana. Yine de..."

Gözünden sicim gibi yaş gelene kadar güldü, "Tabii ya, masal diye yalan mı sandın anlatılanı? Mesela, sizin o, sis dediğiniz şey aslında nedir bilir misin?" "Nedir?" dercesine, merakla açtı gözlerini.

"Gökyüzü Boğası'nın o çok güçlü nefesi elbette, ağzından alıp burnundan verdiği..."

Kuşbakışı gördüğü, dağların tepesindeki yoğun sise çevirdi bakışlarını Ferdinand. "Yenice soluduğuna göre buralarda bir yerde olmalı," diye geçirdi içinden. Bacaklarının zangır zangır titrediğini hissetti aynı anda; bedeninin kasılmaya başladığını, hızla soluk alıp vermekten kendini alıkoyamadığını.

Norveç Kızılı ile İngiliz Şarolesi'nin konuşmasına kulak kabartan Belçika Mavisi -ki o koca gövdeyi gören biri, onun bir yıl önce dünyaya geldiğine asla inanmazdı- Ferdinand ve diğerlerinin kahramanlığını küçümsemeye kalkan bu ikiliye acımaktan başka yapılabilecek bir şey olmadığını düşündü. "Dur bakalım, benim adımı, kim, nasıl anacak vakti geldiğinde?" diye geçirdi içinden.

Planı gayet açıktı. Madem gemiye bindirilene kadar kaçmayı başaramamıştı, indirilirken deneyecekti şansını. İlginçtir, diğer gemilere kafesle yükleme yapılırken, içinde oldukları geminin sahibi, kafeslerin sağlamlığına güvenmediğinden olmalı, limana sarkıtılan asma köprü üzerinden, tek sıra halinde geçirmişti kendilerini. Bunu bir işaret olarak kabul edebilirdi rahatlıkla; bir uğur olarak görebilirdi. İndirme de aynı koşullarda gerçekleşecekse özgürlüğüne kavuşmasına ne kalmıştı şunun şurasında? On beş gündür yolda oldukları düşünülürse, en fazla bir, iki gün.

"Hey, sen!" diye seslendi İngiliz Şarolesi, Belçika Mavisi'nin aklından geçeni okumuş, az önce küçümsendiğini bilmiş gibi, "Kibirli duruşundan hiç hoşlanmıyorum, bilesin."

Buram buram bela kokusu sarmıştı ortalığı. Kalabalık sağlı sollu açılmış, her an kavgaya tutuşacak bu iki zorunlu yol arkadaşının birbirlerine ulaşabileceği bir koridor oluşturmuştu.

"Ben de senin, birilerinin gözünü korkutarak iş görmenden hiç hoşlanmıyorum, doğrusunu istersen."

"Bak sen," dedi alaycı, "Gemide ağır yaralanmak neye yol açar bilir misin? Balıklara yem olmak ister misin, ha?"

Açık tehditti bu, gereği yerine getirilmezse, ötekilerin gözünde –iki taraf için de- küçük düşme sebebiydi.

"Ölüme yol alırken, ölümle tehdit edilmek, sence de çok aptalca değil mi, Bay Ukala?"

Canına susamış olmalıydı şu yeni yetme. Liderliğini boynuzunun gücüyle hak etmiş biriyle nasıl konuşması gerektiğini geç de olsa biri ona öğretmeliydi.

Gemidekiler, amansız bir kavgaya tutuştuğunda, Ferdinand, kim bilir kaçıncı düşünde, olanca gücüyle kıyıya ulaşmaya çabalıyordu hâlâ. Ayaklarını önden geriye doğru çekip durması, başını yukarıda tutmaya çalışması, arada boğuluyor gibi çırpınması görenlerde buruk bir sevince sebep oluyordu.

Ferdinand'ın kurtuluşunun üzerinden sayılı gün geçmişti ki, açık denizde, yaralı bir boğanın, balıkçılar tarafından bulunup hızla tedavisine başlandığının haberi duyulmuştu bu kez de hayvan taşımacılığı yapan bir gemiden düşmüş ya da kurtulmak için atlamış olabileceğinin tahmin edildiği...

Bu gelişme -kargo bölümündeki yolcular hariç- tüm mürettebat tarafından büyük bir üzüntüyle karşılandı. İngiliz Şarolesi ağzındaki gevişi diliyle dişleri arasında götürüp getirirken, "Tam bir saçmalık bu," dedi, "Tam bir komedi..."

ZAFER DORUK

KEDİ, SİNEK VE KOMİSER

Komiser günlerdir dinlenmeden çalışıyordu. Memur emeklilerinin açacağı karma sergiye üç gün kalmıştı. Resmini bugün bitirmesi, kalan iki günde de serginin diğer işleriyle ilgilenmesi gerekiyordu. Eserinin karşısına geçip hayranlıkla izledi, sonuna yaklaşıyordu. Tuvaldeki resmin yerini bir an büyük, parlak bir sininin üzerinde, yağları henüz sıcaklığını koruyan, floresan ışığının altında ışıl ışıl parlayan, şişlerinden bir an önce çekilmeyi bekleyen kuşbaşı ciğer kebabının resmi aldı. Çekiciliğine kendimi kaptırırım da yaptığım resmi bozarım korkusuyla bu manzarayı tuvalden kovar gibi seslendi:

"Mangalı yakmadın mı hâlâ Senihaa?"

Kadın iki bıçağı birbirine sürterek bilemeye çalışıyordu. Gözü aynaya ilişince "Bu yaştan sonra şu haline bak!" dedi kendi kendine. "Torun torba sahibi oldun, hâlâ ciğerle, bağırsakla uğraşıyorsun. En güzel yılların ziyan olup gitti. Ne gençliğinde rahat ettin ne yaşlılığında. Hep asayiş ve disiplin konuşuldu bu evde. Emekli oldu yine rahat edemedin... Yaptığı da resim olsa. Baka baka o kadarını ben de yaparım... Kızla oğlan ben olmasam hiç uğramayacaklar. Niye? Hep bunun bencilliğinden...."

"Sana sesleniyorum Seniha, duymuyor musun?"

"Duydum, duydum! Mangalı da sen yaksaydın bey, daha ciğeri doğramadım!

On tane elim yok ya!"

"Çalışıyorum hanım, biliyorsun, bu resmi bugün bitirmem gerek!"

Evin arkasında gezinen yaşlı kedi, ciğerin kokusunu almıştı, dolanıp bahçe kapısının önüne geldi. Ortalıkta kimse görünmeyince duvarın üstüne sıçradı, oradan da bahçeye atladı. Beyaz bir gölge gibi süzülüp mutfak kapısına sokuldu, köşeye pusup içeriyi dikizlemeye başladı. Bir tüm kuzu ciğeri, çekici kokusu ve göz alıcı rengiyle et tahtasının üzerinde onu bekliyordu. Kadının oradan birkaç saniye uzaklaşması yeterdi, sabırla bekledi. Bu sırada bir tıkırtı duydu; dönünce vestiyerin arkasına giren farenin kuyruğunu gördü, bedeni yay gibi gerildi. Sonra düşündü: Bir tarafta her zaman yakaladığı şu küçük sefil farelerden biri, öbür tarafta eline belki ömründe bir kere geçecek muhteşem bir ciğer ziyafeti. Aptal bir kedi bile böyle bir fırsatı kaçırmazdı. Fareye boş verip pürdikkat asıl hedefine odaklandı. Kadın, ellerini silip kapının önüne çıktı, yanından geçerken kediyi gördü ama kafasından geçen düşünceler bu görüntüyü sıradanlaştırıp durumu kavramasını önledi. Kedinin beklediği an işte bu andı! Bugün şans ondan yanaydı. Mutfak penceresi açıktı. İşi sandığından da kolay olacaktı. Kadın mangalı yakma işine koyulurken tek sıçrayışta atlayıp hedefine ulaştı, tahtadaki ciğeri kapar kapmaz keskin bir dönüşle, belki de hayatının en uzun sıçrayışını yaptı. Pencere demirlerinin arasından beyaz bir ip gibi süzülüp gözden kayboldu. Mangalın başından ayrılıp gürültüye koşan komiserin karısı, ciğerin bıraktığı boşlukta hayalleri çalınmış kocasının lânet suratını görünce çığlığı bastı:

"Beey, ciğer gitti beey!"

Komiser depremden kaçıp kendini sokağa atmış birinin telaşıyla çıktı.

"Ne dedin sen!"

"Ciğer gitti bey! Şu hınzır kedi, kaşla göz arasında kapıp kaçtı!"

"Emin misin onun kaptığına?"

"Onu gördüm, buralarda dolanıyordu!"

Komiser, beynine mermi yemiş gibi sendeledi, pencereyi açık görünce yüzü karardı, en lanet biçimini aldı.

"Kırk yılın başında bir ciğer sefası yapalım dedik, burnumuzdan getirdin, bir ciğere sahip çıkamadın!"

"Bağırma bey, gidip bir tane daha alırım!"

"Yaa, yaa, alırsın! Kasaba gideceksin, bu saatte ciğer bulursan alacaksın, getirip doğrayacaksın, şişlere takacaksın, mangalı yakacaksın... Vay anam vay! Ben o kediden bunun hesabını sormaz mıyım?"

***

Komiserin gözüne o gece uyku girmedi, sabaha kadar ciğerle kediyle uğraşıp durdu. Yüzünü seçemediği biri, üzeri kimyonlu, pul biberli kuşbaşı ciğer kebabının ve yanında çeşitli salataların bulunduğu siniyi getirip tam önüne bırakırken o adi, o hırsız kedi nereden çıkıyorsa bir sıçrayışta atlayıp siniyi deviriyor, dökülen ciğerleri anında yalayıp yutuyordu. Komiser, elleriyle ayakları bağlanmış gibi yerinden kımıldamadan kedinin ciğeri afiyetle yiyişini izliyordu hem de aç bir mideyle!

Dönüp dönüp aynı sahneyi izliyordu. Bu işkencenin bir an önce bitmesi için mücadele ederken kan ter içinde sıçrayıp uyandı ve kararını verdi:

"Bugün operasyon var!"

Akşam hava kararınca harekete geçti.

"Seniha, salona gir ve ışığı söndür, sakın dışarı çıkayım deme!"

Buzdolabından bir parça et çıkarıp oturma odasının ortasına bıraktı. Pencereleri kapattı, perdeleri çekti; en küçük bir deliği bile kâğıtla, bezle tıkadı. Işığı söndürdükten sonra kapıyı açık bırakıp çıktı. Damadının Amerikan Pazarı'ndan aldığı beyzbol sopasını sağ eline, büyük bir tencere kapağını da sol eline alıp merdiven sahanlığının altında pusuya yattı.

"Tadını aldın ya geleceksin ve bana seninle tanışma zevkini tattıracaksın. Bu yaşa geldim, kimseden böyle bir kazık yemedim! Ama duuur, şimdi sıra bende! Seni dünyaya kedi olarak geldiğine bin pişman etmezsem kırk yıllık bıyığımı keser, ortalıkta öyle dolaşırım!"

Aradan kaç saat geçtiğinin ayrımında değildi; üşüyordu, uykusu geliyordu, açlıktan kıvranıyordu ama kini onu ayakta tutmaya yetiyordu. "Ya sabır Haşmet!" diyordu, "Ya sabır! Mutlaka gelecek!"

***

Dışarıda yağmur ufak ufak atıştırıyor. Kedi dün akşam ciğeri afiyetle yiyip üstüne de güzel bir uyku çektikten sonra akşam gezmesine çıkıyor. Kuş, böcek, kedi, köpek; sokakta kısmetini aramaya çıkmış kimi görse deneyimli avcı pozlarında bıyık altından keyiflice gülümsüyor. O günkü ciğer şölenini üstlenen evin mutfak penceresinin altından geçerken kokuyu alıyor... Mmm... Bu seferki kırmızı et olmalı. Bu muhteşem kokunun kaynağını görme isteğinin önüne geçemiyor; ölçülü, ağır adımlarla yaklaşıyor. Aradığı şey işte orada, biraz ötesinde duruyor! Sokulup burnunu ete sürüyor, kuyruğunu keyifle sallıyor. Bu ne baştan çıkarıcı bir koku böyle! Uzun uzun kokluyor. Bir balık başı için kafasını yardıkları günü anımsıyor, bu ganimetin değerini bilmeli; yarını da düşünmeli, götürüp iyi bir yere gizlemeli. Kararını verip ete dişini geçirir geçirmez kapı kapanıyor, ışıklar yanıyor; arkasını döner dönmez komiserin kanlı gözleriyle karşılaşıyor! Adamın elindeki sopayla tencere kapağını görünce düştüğü tuzağın farkına varıyor ama çok geç! Anlamalıydı. O muhteşem ziyafetten bir gün sonra önüne bir ödül gibi konmuş ikinci bir ziyafetle karşılaşması pek hayra alamet değildi; zaafına yenilmiş, üstünde durmamıştı. İşte şimdi yakalanmıştı ve kendini sorgulamanın artık bir yararı yoktu, durumu gerçekten kaygı vericiydi. Komiser devinince o da devindi. Rakibinin onu sınamak için burnuna uzatıp uzatıp çektiği sopayı geri geri giderek boşa düşürmeye, kararlılığını ölçmeye çalışıyordu. İkisi de tetikteydi, fırsat kolluyorlardı. Komiser sopayı indirmek için rakibinin açık vermesini beklerken kedi de gelecek saldırıyı nasıl atlatacağının hesabını yapıyordu.

O anda nereden çıktıysa iri bir karasinek, aralarına bir boks hakemi gibi girdi; zikzaklar çizerek yüzlerine dokunup dokunup ışığa kaçıyor, sonra yeniden aralarına girip dikkatlerini dağıtıyordu. Komiser rakibinin üstüne gitmek için can atarken kedi en yakın kurtuluş noktaları olarak kapıyla pencereleri kolluyordu. Karasinek, tarafını seçmiş görünüyordu: Pike yaparak iniyor, komiserin bazen kulağına, bazen yanağına vurup ışığa doğru kaçıyordu. Komiser tencere kapağıyla sineğin üstüne gitmeyi düşünüyor, asıl hedefini gözardı ederek hata yapmaktan çekiniyordu. Işığın altında birer kor parçasına dönüşmüş gözleri, ışıktan rahatsız olan komiserin gözlerini yoruyordu. Komiser kalkanla sopayı elinde tarttı, vuruş noktasını ayarladıktan sonra sağ ayağını uzatıp uzatıp çekmeye başladı. Kedi peş peşe gelen ataklar karşısında istifini bozmuyor, sabırla bekliyordu. Komiser sopayı savurup çekildi. Kedi koltuktan atlamak yerine yukarı sıçrasaydı kafatası çatlayabilirdi. Odanın ortasında göz göze, karşılıklı dönerlerken kedi bir tıkırtı duyup başını kapıya doğru çevirdi. Komiser bu fırsatı kaçırır mı? Sopayı savurdu, kedi sağda; savurdu, kedi solda. Sağ, sol; sağ, sol; sağ, sol… Kedi sıçramaktan yorulmuştu, kendini koltuklardan birine attı. Sinek de bu sırada kediye zaman kazandırmak için taciz uçuşlarını sıklaştırmıştı; iniyor, komiserin yüzündeki hassas noktalara vurup kaçıyordu. Lambanın çevresinde dönerken bir kelebek kadar narin, bir balerin kadar zarifti. Komiserin sinirleri darmadağındı; kalkanı bütün gücüyle savuruyor, bazen hızını alamayıp duvara tosluyordu. Kin, nefret, öfke, korku, şiddet birbirine karışmış, yüzü korkunç bir hâl almıştı. Perişan bir hâlde olmasına karşın sırf onu delirtmek için yılışık, arsız tavırlar takınan kediyi kalkanıyla kışkırtmayı denedi. "Seni sefil yaratık!" diye bağırdı, sopayı öyle hızlı savurdu ki kedi de aynı hızla sıçrayıp pencere camına çarptı, yere düşer düşmez de komiserin yeni bir hamle yapmasına fırsat vermeden sıçrayıp uzaklaştı. Karşılıklı dönüyorlardı. Kendini toparlaması için sabırlı ve ölçülü davranması gerektiğini anlayan komiser bir an ağırdan aldı. Onun bu açığından yararlanan sinek inip sol yanağına, tam Şark çıbanının bulunduğu yere çaprazlama vurup kaçtı; orada dayanılmaz bir kaşıntı bırakmıştı. Komiser kalkanı savururken sinek büfenin camına konmuş, onu izliyordu. Komiser yeni bir taktik denemeye karar verdi. Gözlerini kediden ayırmadan geri geri gidip elini kapının koluna attı. Kedi de koltuktan yere atlamış pürdikkat onu izliyordu. Yana çekilip kapıyı araladığını görünce heyecanlandı, oradan çıkabilirse hayata yeniden doğabilirdi. Kapıya doğru bir iki adım atıp durdu, içgüdüsü onu kapıya doğru çekiyordu. Bir iki adım atıp durdu, yine de temkinli olması gerekiyordu. Bir kapı ona ilk kez onu doğurmaya hazır bir anne rahmi kadar sıcak, koruyucu, sevecen görünmüştü. Onca taş, sopa, tekme yemesine; kaç kez ölümlere gidip gelmesine karşın yaşamayı ilk kez bu kadar çok arzuluyordu. Asla nankör değildi, insanlar tarafından böyle nitelendirilmeyi asla kabul etmiyordu, herkes dünyada değeri kadar vardı. Bu gözlerde zerre kadar bir insanlık parıltısı görse, içten olduğuna bir inanabilse elini ayağını yalar, dizinin dibinden ayrılmazdı. Ama başka da şansı yoktu; yaşamak, her tehlikeyi göze alıp denemeye değecek kadar güzeldi. Gözlerini komiserden ayırmadan kapıya biraz daha yaklaştı. Şimdi hayatla ölümün kesiştiği noktadaydı. Bu adamdan merhamet ummanın yararı yoktu; kurtuluşu yine kendi pençelerinde, insanın aklının ermeyeceği gizemler taşıyan hayvani özelliklerindeydi. Hayat karşısında bir atımlık umudu vardı, bunu şansa dönüştürebilirse ölümü yırtıp hayata yeniden uzanabilirdi. İnce, hüzünlü bir miyav çekti, bu belki de hayatının son saniyeleriydi. Hedefini son kez gözden geçirdi, sıçrama gücünü tarttı; hızını, açısını, mesafesini ayarladı, gerildi, kalkanın havada parlamasıyla kapıya doğru bir mermi gibi fırlaması aynı anda oldu! Çarpmanın şiddetiyle düştü, toparlanmasına fırsat kalmadan alttan savrulan sopa kafatasında tok bir ses çıkardı. Sersemlemişti, yerde fırıldak gibi dönüyordu. Hayır, öyle kolay pes etmeyecekti! Hayvanüstü bir çabayla toparlanıp kendini çekyatın üzerine attı, tırnaklarını kumaşa geçirip dayanmaya çalışıyordu. Komiserin gözlerindeki kan yeniden ısınmıştı, sopasını iyice kavradı, bu kez işini bitirecekti.

Kedi canını dişine takıp sopa havadayken sıçradı ve çekyatın arkasına düştü! Pençeleriyle kilimi tırmalayarak, arka ayaklarını sürüyerek kendini ileri doğru çekiyor; işini bitirecek darbeyi yemeden girebileceği bir delik arıyordu. Değil mi ki bu adam ona yaşama hakkı tanımıyordu, o da ölene kadar çarpışmayı sürdürecekti.

Sineğe şimdi daha çok iş düşüyordu, müttefiki hayatının en zor ânını yaşıyordu. Yeniden dalışa geçti. Komiser çekyatın arkasında kediyi ararken, burnuna, kulağına, sonra yine burnuna kondu. Kendi suratına attığı tokatlar komiseri sersemletmişti. Onu zafere ulaştıracak son vuruşu yapması için kediye yardım ve yataklık eden bu mendebur sinekten bir an önce kurtulması gerekiyordu. Kalkanını sıkıca kavrayıp atıldı. Odanın ortasında dört dönüyor; çekyatın, koltuğun, masanın üzerine sıçrıyor, zıplıyor, tepiniyor, kalkanını rastgele savurup duruyordu ama sineği hiç ummadığı yerlerde kendisini izlerken görünce öfkesinden kuduruyordu. Sinek usulca kalkıp yine kulağına kondu. Komiser, kalkanı kulağına öyle bir yapıştırdı ki koltuğun üzerine yığılıp soluk soluğa kaldı. Kedi bu aradan yararlanıp arka ayaklarını sürüyerek kapıya gitti, boşuna bir çabayla tırmalamaya başladı. Başka zaman olsa sıçrayıp kapı kolunu indirmesi işten bile değildi ama şimdi yarım metre daha sıçrayacak gücü kalmamıştı. Döndü, ayağa kalkmış, ona doğru gelen komiserin gözlerinin içine baktı. Sanki ona, "Kes artık şu kavgayı, bak, ikimiz de bittik!" diyordu. Komiser de onu anlamış gibi, "Başka yolu yok bunun aga! Ya sen ya da ben!" diye bağırdı. Kedi can havliyle olağanüstü bir çaba gösterip kapıya en yakın koltuğun üzerine sıçradı. "Senin gibi çok kurnazın oyununu bozdum ben." dedi komiser. "Uzatmalar da bitti, şimdi ne yapacaksın bakalım, ha!" Sopa inerken kedi yana sıçradı. İkinci, üçüncü darbeyi de atlattı ama dördüncü darbeyi beline yiyerek bir akordiyon gibi büzüldü, sonra gerildi; beşinci darbeyi indirmeye hazırlanan komiserin sağ kulağına hatırı sayılır bir pençe vurup büfenin önündeki sehpaya sıçradı! Orada ölümden ve acıdan oluşmuş beyaz bir tüy yumağı gibi duruyordu. Komiser kulağını tuttu, eline bulaşmış kanı görünce "Seni piç kurusu kedi seni, leşini didik didik edip köpeklerin önüne atmaz mıyım!" diye bağırdı. Badem bıyığı öfkeden titriyordu, artık yön yöntem düşünecek durumda değildi, bütün gücüyle saldırdı. Belini güçlükle tutan kedi, düşmanının bilincini de dağıtmıştı. Komiser havada sekiz sayısı çizilerek yapılan ölüm vuruşunu deneyecekti. Kedilerin en korktuğu, buna karşı bugüne kadar bir savunma geliştiremedikleri acımasız bir saldırı biçimiydi.

Savaşın en şiddetli, en ölümcül ânıydı. Odanın içi mahşer yeri gibiydi. Miyavlamalar, çığlıklar, devrilen eşyalar, kırılan camlar, aynalar... Sonra birden her şey durdu. Çıın çın öten bir sessizlik... Komiser, yüzü gözü kan içinde, koltuklardan birine soluk soluğa çöktü. Kedi onun karşısındaki koltuktaydı, karnı balon gibi şişip iniyor, kulağından ağzının kıyısına doğru ince bir kan süzülüyordu. Kavga şiddetlendikçe muhtaç oldukları şeyin yaşamak olduğunu anlıyorlardı ama şimdi yaşamak için öldürmek zorundaydılar. Bu anı yaşamak zorunda kaldıkları için yazgıları konusunda birbirlerine bir acıma hissi duymuyor da değildiler. Mola süresini aralarında gizli bir hoşgörüyle kararlaştırmışlar gibi kalkıp yeniden savaş düzeni aldılar. Kalan güçlerini hesaplı kullanmak zorundaydılar. Komiserin yüzü olgun bir hurma gibiydi, kedinin kulakları ise çürümüş bir muz kabuğunu andırıyordu. Sinek, kıça parmak, enseye şaplak, komiserin kanlı kulağına konup konup kalkıyor, onu zıvanadan çıkarıp hata yapmaya zorluyordu. Komiser bilinçdışı bir itkiyle sineği havada tükürüğüyle avlamayı denedi bu kez, sineği gördüğü her yere tükürmeye başladı. Tükürüğün biri lambaya yapıştı, sonra aşağı doğru sündü, orada buz sarkıtı gibi kaldı. Kedi, düşmanın çamurlaştığını, kendini denetleyemediğini anlayınca işi ağırdan almaya başladı, kuyruğunu bir barış mendili gibi sallaya sallaya kapıya doğru yürüdü ama komiserin savaşı bırakmaya niyeti yoktu; bunun, kedinin kurduğu bir oyun olduğuna inanıyordu. Sopayı kavrayıp yeniden atıldı; kedinin üstüne üstüne gidiyor, sopayı sağlı sollu savuruyordu. Bu sayısız savuruşların birinde tok bir ses duyuldu! "Feriştahını şaşırttım işte!" diye bağırdı komiser. "Beyninin dağılmasına az kaldı güzelim, bekle!" Kedi canhıraş bir miyavlamayla düştü, kafasını yelpaze gibi sallıyor, acıdan uğunuyordu. Toparlanıp ayaklarının üzerinde durmaya çalışırken bir sopa da kıçının üzerine yedi. Bacakları, anne rahminden henüz düşmüş bir tayın bacakları gibi titriyor, bedenini taşıyabilmek için gücünün son damlasını harcıyordu.

Bir ölümcül darbe daha almamak için olağanüstü bir çabayla sıçradıysa da kısa düşüp bir darbe daha yedi. Düşmanının art ayaklarının çözüldüğünü, karnıyla sürünüp koltuğun üzerine tırmanmaya çalıştığını gören komiserin mutluluğu kanlı suratına sığmıyordu. Kedi koltuğun köşesine sokulmuş, postu ucuza deldirmemek için direnmeye çalışıyordu. Kalkmayı deniyor, bacaklarının üzerinde durmaya çalışırken yeniden düşüyordu.

Sinek taciz uçuşlarını arttırınca komiser bu kez ona döndü, nasılsa düşmanın işi hemen hemen bitmişti. Sinek zikzaklar çizerek uçtuğu için sıçramaktan dizlerinin, kalkan sallamaktan kollarının gücü tükenmek üzereydi. Biraz soluklandıktan sonra yeniden davrandı, hep ışığa doğru yükselen sineğe bu kez sehpanın üstünde saldırmayı deneyecekti. Yorgunluktan titreyen eli hedefinin oyununa gelip lambayı patlatınca ay ışığına bile yasaklanmış oda zifiri bir karanlığa gömüldü! Komiser inerken sehpayı devirip düştü, kalkmaya çalışırken durumunun ne kadar kötü olduğunu kavramaya başlamıştı. Kediyi yanında, karşısında, ensesinde hissediyor; her an, her yerden saldırabileceği kuşkusuyla karanlıkta koyu bir dehşete kapılıyordu. Kendini bir gömütlüğün içinde umarsız, savunmasız hissetti bir an. Kapının yönünü kestirmeye çalıştı. Dışarı çıkacaktı. Doğrulup kalktı, ayağı sehpaya takılınca tökezledi, sonra karşısında kor gibi parlayan bir çift nokta gördü. O dönünce noktalar da dönüyor, o durunca noktalar da duruyordu. Şu kahrolası sinek onu karanlıkta da bulmuştu! Elleriyle kollarıyla boşluğu rastgele tokatlarken mermi gibi fırlayan iki nokta, dişleri ve pençeleriyle gırtlağına yapıştı! Onu boğazından söküp atmaya çalıştıkça tutuşuyor, hayatla olan bağını kesip koparmaya çalışıyordu. Komiser, canının bedeninden yavaş yavaş çekildiğini hissediyor, çizginin öbür tarafına düşmemek için çırpınıp duruyordu ama başaramadı...

Seniha Hanım kapıyı açıp salonun ışığını yakınca gördüğü manzara karşısında dehşete kapıldı. Karasinek, adamın kanlı boğazında siyah bir kolye taşı gibi duruyor, savaştan kendine düşen ganimetin keyfini çıkarıyordu.

Kedi, cepheden dönen muzaffer bir asker edasıyla topallaya topallaya gelip kadının ayaklarının dibinde durdu, başını kaldırıp ona uzun ve kederli bir "Miyavvvvvv!" çektikten sonra bahçe kapısına doğru yürüdü.

İNCİ GÜRBÜZATİK

YENİLMEZ

"Hayvan canını kurtarmış azmine hayran kaldım, bravo valla onun kadar olamadık. Zavalli hayvan yasamak istiyo yazik deilmi kurbanlik ne madem öyle kendinizi kurban yapin!"

"Kardeş onun kesilmesi lazim dinimize göre", "lan olum kurban bayramı bu tabı kıyamıyoruz ıcımız el vermıyo ben sahsen ızleyemıyorum bır hayvanın kesımını ama mecbur kılınmıs bıze yaradana kurban edıyoruz baska caremız yok dinımıze sukurler olsun erkek cocuklarıda kesılebılırdı eger bu hayvanlarımız olmasa o zaman daha sıkıntı olmazmıydı"

Çitli, kazıklı, toprak karasıydı bastığı yer. Tepiniyor, çekip ipini zorluyordu. Hiçbir güce aldırmıyor, yola gelmiyor, zapt edilmez olduğunu solurken ölümünün çukuruna doğru direnerek yürüyordu. Boğa, kaç gündür bağlıydı. Canı ipin ucunda ama hala mağrurdu. Çukuru gören gözlerinde dertli, dalgın bir hâl vardı. Kötürüm derecesinde hasta, zayıf, düşkün değildi. Gözleri görüyordu. Boynuzları kırık, dili, kuyruğu, kulakları kesik değildi. Tüyleri parlak kendi sağlıklıydı.

İnsanların iştahını kabartan eti körpe, kellesi paça, kemiği ilikti. Kurban pazarından itinayla seçilmiş, pazarlıkta eller kollar silkelenip haraç mezat, son pahada girilmişti satıya. Pahalıydı. Niyette kurban, aslında etti. Yenilmez olduğunu daha kimse bilmiyordu.

Emir büyük yerdendi. Buyruktu. Bıçaklar bilenirken çukur hazırdı. Çocuklar halka olmuş "tavşan kaç" oynuyor bayram neşesiyle el çırpıp *"Kaç kaç kaç! Tavşan kaç, tavşan kaç, tavşan kaaaaaaç... Kaç tavşaaaan!"* diye çığlık çığlığa bağırıyordu. Tavşan çocuk kaçarken bir amca onu kovalıyordu. Boğa, boynuzlarının ihtişamlı parlaklığıyla çukuruna doğru yürürken, bedenine musallat at sinekleri tepesinde bulut, kuyruğu kamçıydı, sık sık şaklıyordu kıçında. Boynundaki ipin ucu, önündeki adamın elinde dolalı, geriliydi. Buyruktu, boğa kesilinceye kadar incitilmeyecekti; mübarekti, kurbanlıktı, etti.

Birden durdu. Bir adım daha atmadı. Kaidesinde taş, kıpırtısız, hırsla soluyan tunç bir heykeldi. Çakılmış, mıhlanmıştı sanki yere. Hava soğuk olsaydı burun deliklerinden fışkıran öfke buharlarını görür, canlı olduğunu anlardınız. Dört ayağı üstünde gerilmişti, yaydı. Fırlayacaktı. Oktu.

"Iıııh! Daha bir adım gitmem. Çekip durma beni öyle!" diyordu sanki adama.

"O kör çukura diz çöküp boynum eğmem!"

İp gerildi adam döndü baktı ardına, gözleri yuvasından fırlayacaktı. Kibirle çekiyor bir milim bile kıpırdatamıyordu yerinden. Boğayı yürütmeye çabalayışı, o telaşı boşaydı. Elinde dolalı ip önce sürtünüp bileğinin derisini sıyırdı, acıtarak kaydı... Kaydı... Parmaklarının arasından yitti. Beklenmedik o ani gerilişte elindeki ipin ucu yerdeydi. Boğa o anda, sahibinden koptuğu o anda, ayaklarını söküp saplandığı yerden şöyle bir döndü dört bacaklı bedeniyle, öyle bir ok fırladı ki yayından, kendisi bile şaştı. Haykırışın patlaması o anda oldu.

Umurunda değildi. Ön ayaklarını yere vurup tozuttu toprağı. Kuyruğunu havada şaklata şaklata önce sinekleri savurdu toz, sonra da kendisini. Çığlık çığlığa dövünüp bağırıyorlardı ardından. Ürken boğa değildi; ürken, giderek uzaklaşan ardındaki kalabalığın ta kendisiydi. Bozgundaydı insanlar, konuşuyor, bağrışıyorlardı bir ağız, "Kaçtııııı!"

Çocukların oyunundan kaçan tavşan, tavşan değil, küçük bir kızdı ama şimdi kaçan boğa, gerçek bir boğaydı. Ardından bağrış çağrış ilenip küfredenler, sayıları gittikçe artan, öfkesi deli, vahşi bir koroydu artık. Görülmüş şeydi bu kaçış, bu boşalma bayramlarda hep olur eninde sonunda yakalanırdı firari. Kafasını sağa sola sallayarak doludizgin koşarken boğa, ağzından köpükler saçıyor, kaçıyordu.

Boğa'ya giren sahibi, başını avuçlarının arasına aldı. Şaşkınlıktan yüzü sararmış, beti benzi atık, küldü. "Ah felek!" dedi çöktü yere çaresiz. Baktı kanayan avuçlarına, "Ahhh! Felek!" derken bir kez daha, yakalama umudu içinde, cennetteydi aklı zaten. Onu uzaktan alaylı, kayıtsız seyredenler, seyirden, riyadan yana olanlardı. Boğadan yana olanlar, zaten adamdan yana olmayan, kimden yana olduğunu bilmeyen, kafalar karışık fırıldak dönenlerdi. Kalabalık hep bir ağız konuşup çoğalırken, Boğa, atın hızında, dizginsiz, çapraz ayak dört bacak kaçıyordu uzaklaşıyordu onlardan. Kanı ölüm, eti helâl biliyordu ezelden. Sahibi acıkınca korkuyordu bıçaktan. Kendisini zapt etmek isteyenlerin, yolunu kesenlerin gözünün yaşına bakmadan parlak zafer böğürtüleriyle soluya soluya uçuyordu kanatlı. Önünde biri dursa o dakika toslayıp devirir, kalabalığa dalsa savururdu. Dizginsizdi, başına buyruktu. Kaçışı öz savunmaydı. Peşindekiler elleri kalın sopalı, kürekli, döner bıçaklı, palalı, satırlı, hem kasaturalıydı. Her biri sanki kasap, kendisini kesen acemi, kan revan, acillerde dikişlikti. Çoğu yalan naralı, palavradan pehlivandı. Sanki tutabilecekmiş gibi boğanın önüne fırlıyor ama ödü kopup hemen sıvışıyor, gülüyordu sonra da. Kaçışları tabansız, korkuları utançsız, başarısızlıkları gururlu ama bu onlar için eğlenceliydi. Boğa taaa, uzakta görüldüğü noktadan savuruyordu onları çünkü çil! Seyre duranların öfkesini, korkup kaçışanların isterik çığlıklarını işitiyordu uzaktan. Yaklaşıp uzaklaştığı sokaklardan taşan ses, kuru gürültü, uğultuydu. Ağır gövdesi, çamurlu böğürleriyle, inciklerine, toynaklarına kuvvet, insanların öfkesinden, iştahından, tütsülerden kaçıyordu. Kuytulara sığınanlar, ağaca çıkanlar o boynuzun deldi mi öte yandan çıkacağını bilenlerdi. Canhıraş bir firarın hızında, iştaha boyun eğen ehli bir kurban değil, özgürlüğe gecikmiş, düşleri olan firariydi artık. Haykırışı böğürme, avazı isyandı. Geçtiği yollar karnaval, görenlere şenlik, sanki dönme dolaplı panayırdı. Korkanlar acımasızdı. Bulabildikleri ne varsa ellerinde güçtü.

İnsan en acımasız silahtı.

İnsan silahtı.

Yıldırıp işkembe çukurunun yanına çöktürecek, boynunu uzattıracaklardı çukura. İncitmeden yapacaklardı bunu. Merhamet edip dördünü birden değil, birini serbest bırakarak üç bacağını bağlayacaklardı önce. İp sımsıkı saracak, gözlerini bir bağla kapatacak kafasını çukura sarkıtacaklardı sevecen. Gırtlağını gereceklerdi dualarla, şefkatle. Bıçaklar bileli, sırasıyla dizili, parlıyordu uzaktan. Kurban kutsal, insanlar nasıl da merhametliydi.

Bıçak keskin olacaktı. Gırtlak bir darbede kesilecek, usulüne uygun hırıldayacaktı nefes. Çiğnenmiş toprak, toprakta ayak izleri, kanın kuru tortusu usulüne uygun gübre olacaktı yerde. Derisi delinmeden itinayla yüzülecek, işkembesi, usulüne uygun deşilip usulüne uygun ters yüz edilecek, bağırsakları usulüne uygun boşaltılacaktı. Kan kokusunda bulut, yapış yapış, usulüne uygun konup kalkacaktı sinekler!

Sokağın derinliğinden yer ile yeksan, başına buyruk, kulakları sağır, hür, bağımsız ama yalnızdı boğa. Çayırlar onun, kıyı, kumsal, deniz, dalgalar zaten onundu.

Geç, geç, geç, geç! Belediyeyi geç. Merkez Camiinden kıvrıl, Babylon'un Spa'sını gördün mü? Hah! Önünden sap. Karadeniz sahil yolu yayladır şimdi sana, haydi artık yallah! Koş kıvrıl, dön, dön, dön, dön, in alt yola, in, in, in in yokuş aşağı. Sakın soluklanma arkana bakma. Durma daha daha. Bak E-70 çıktı karşına. Korkma asfaltın genişliğinden, sakın ha! Denizi gördün işte yönel iyot kokusuna koş maviliğe. Ayakların suya ersin, kaçış mucizevi olsun. Su kaldırır. Batmazsın, ama sakın içme. Kanıp da sakın içme. Sıcak bir yeşillik fışkırıyordu bedeninden. Kalbi kürek atarken ruhu artık çırpınıyordu denizde.

Çitler, kazıklar, toprak karası. Kalabalık bozgunda. Küfürler gırla. İnsanlar aç, heves kursakta. Genzi yakan duman mangal, ocak maltızdı. Hayaldi. Sıyrılmış deri et, iç yağ, pastırma sucuk, bağırsaklar doldurulmuş mumbardı. İşkembe tuzlama, böbrekler sote, ciğerler yaprak, ayaklar kelle paça, et kavurma, yağda kızarmış biftekti. Biftek hayaldi. Butları döştü, çok yorgundu. İnce dilim pastırma ağızda dağılan kuşgömü hayaldi. Et hayaldi.

Ürkme boğa, sakın ürkme! Zafer türkünü söyle, böğür şöyle uzun uzun. Dur hele! Bir kuyruk salla! Devir şu sinekleri, yok olsunlar tependen. Ardından darmadağın bakakalsınlar öyle bön! Hatta bir de yellen! Şıç iki topak! Dur! Sakın arkana bakma! Taş olursun, sakın bakma! Taze etler leğenlerde seğirirken nasıl da titrek nasıl da sıcak. Gırtlakta ölümcül bir hırıltı.

İp koptu!

Garip yankılar geliyor uzaklardan. Sese ses ver boğa! Böğür uzun uzun, ulurcasına böğür. Siren kızlar sesin olup enginlerden çınlasın. Yansısın kulaklarına. İyot koksun nefesin. Mantar tabancaları pat patlıyor bayramlık. Elleri silahlı erkek çocuklar, oyunlarda ölüyorlar şakadan. Bak! Bayram sevincinde kız çocuklar nasıl da "çatapata."

Riyasız oynasınlar oyunlarını çocuklar, neşeyle çığırsınlar seni tekerleyip denizden,

"Oooooooo! Ağaç nerede? Balta kesti.

Balta nerede? Suya düştü.

Su nerede? Boğa içti.

Boğa nerede? Dağa kaçtı.

Dağ nerede? Denizin kıyısında.

Deniz nerede? Aha orada!

Boğa daldı cump! Yüzdü, yüzdü yel oldu.

Yitti gitti sel oldu, Sürmene'ye yol oldu."

Ot'un ot, küspen son yemeğindi, bolcaydı ama sen tokken insanlar açtı. Bıçaklar pırıl pırıl parlıyordu hazırdı. Toprak nemli, çukur boştu. Boynun kıldan ince, bıçak kılıçtan keskin insan silahtı. Kurbağalar vıraklıyor, horozlar, üüüüürü üüüüülüyordu ötelerden. Bütün hayvanlar ötüyor, koyunlar meliyordu kurbanlık. Kuşlar cıvıl cıvıldı, havadaydı, karadaydı, denizdeydi, yerliydi, milliydi. Bir meydan okuma taşkınlığıydı bu eyyyyyy'ler, bu ötüşler. Bir uğultu vardı kulaklarında, dalga sesi değildi, eyyyyyler, giderek yükseliyor çınlıyordu. Gülenler vardı, adamın hâline acıyıp da içten içten gülenler. Gülenler hem uzaktaydı hem dibindeydi burnunun. Herkes görüyor, o sanki görmüyordu. Görüyordu. Kördü. Değildi. Bakar kördü gördüğünü görmüyordu.

Zafer türküsüydü ötelerden gelen. Gırtlağından fışkıran ağıt borandı. Katliamlar insana dairdi. Kan tuzlu, ılık ılık akıyordu. Kan yerdeydi, yerde kalmayacaktı, sözü sözdü.

Uyyy! Uyyyy! Uy Karadeniz uyyyy!du.

Uy dalgalar dalgalar! Eyyyyyy!di.

Önün deniz, koskoca Karadeniz. Deniz ölüm. Atla suya, çırp bacaklarını. Sıcak bir mavilik fışkırırken deniz tuzlu, deniz ıslak, su serin, kan kırmızı, toprak dipte kumdu. Akıntı güçlüydü. Dört bacak, suyu itip çırpınırken kulaç, kalbi kürek atıyordu.

Boğa yüz! Yüzzzz! Daha hızlı hızlı yüz, işte öyle! Biraz soluklan… İttir bacaklarını, salla öne arkaya. Yüz! Yüzzz… Suya güven, sal kendini akıntıya. Dalgalar üfürsün, savursun, salsın seni ötelere etin tütsü olmasın.

"Eyyyyyyyy hayvan!" diye ünlüyor adam ardından.

"Eyyyyyy hayvan! İstediğin kadar kaç, sonuna kadar peşindeyim!"

Sen dönüp de ona bakma, taş olursun sakın bakma.

Yüz! Durma yüz!

Denizde çırpınış, can pazarında ölüm, ölüm dirimdi. Soluğu tuzlu, ağzı acı, dili damağına yapışık, bedeni yanıktı. Derisi sızım sızlıyordu. Ölmüyor batmıyor, boğulmuyordu suda.

Seyirdeki insanlar azdılar, çoktular; vardılar, yoktular; korkaktılar, cesurdular; bir yüzlü, ikiyüzlü, üç yüzlü, yüzsüz, bin yüzlüydüler. Kim kimdi, kim adamdan, kim boğadan yanaydı artık belli değildi. Belli değiller de belli değildi, düşünceler iç içeydi. Kalabalık her kafadan ayrı ses, ne dediği anlaşılmaz hep bir ağız koroydu. İnsanların doğrusu gerçek değil, gerçekler doğru değildi. Ardından konuşulup yazılanlar laf laf laf, kulaklar sağır, kafalar karışık; boğa hak ile yeksan, zaten dört gündür kayıptı.

"Bakıdan izliyirem.,," "Lan bir kuruş para ödemeden trabzonu gezdin taa rizeye kadar yüzdün tatilini yaptın bide üstüne niye izmire gidiyorsun ben bile sadece köye gidebildim, benden önce bodrum gecelerine mi akacaksın yeminlen bu hayatta kurbanlık dana olmak varmış"

"Nasılda ürkek ürkek bakıyor uy uy"."Hemşerim hakli"."Ulan sığır sigir gibi davranma hayvan'a. Yüzmeyi seviyo nede olsa karadenizli:)"."Aç lan hayvan, kaçmış ya helal olsun?""Komonda denizde 3 gün kalmak büyük başarı. Dinimiz ne emrediyo siz napiyonuz?"

Onlar, Tweeter'da, instegramda fecede yazışırken Türkçe'siz, boğa yüzdü. Gece gündüz, gece gündüz, gece gündüz, gece gündüz… Ayakları yüzgeç, boğa değil balıktı. Ruhu çırpınırken denizde dört koca gün geçti. Ardından konuşulup yazılanlar laf laf laf'tı artık.

"Bayram bittiyse kurban olmaz daha nasip degil kurban yazilmamis o yil hayvan yarali kurban olmaz hayvan iyilesip seneye kesilir insallah. Çok acıdım yaaa!" "O hayvan o sancıyı acıyı çekeceğine onu beslemekten se kesmek daha evla daha güzel olur. kurbandan kurtardı diyor dingil ya Allah'ın yap dediğini yapmıyorum diyorsun ha!"

Tavşan kaç! Tavşan kaç! Tavşaaaaaan!

Bayram sevinci içinde ardına bakmadan çırpı bacak hâlâ kaçıyordu küçük kız. Bir adam ardındaydı. Nefes nefeseydi. Boğa kayıptı ama umut kesilmezdi. Açtı insanlar. İnsanlar açtı. Sinekler vızıldıyordu. Tepede buluttu. Bulut açtı, çok açtı. İşkembe çukuru boştu. Çukur açtı kuruyordu.

Daha dün, adamdan yana bağrışanlar dört gün sonra ağız değiştirip sahil güvenliğin denizden çıkarttığı boğanın safında yer aldılar. Etini unuttular, acıdılar hayvana. Nasıl da vicdanlı, nasıl da vıcık vıcık yufka yürekliydiler şimdi.

"Kaç dana, kaç koyun, kaç kuzu, eşek, köpek, kedi!

Kaç çocuk, kaç insan, kaç kadın!

"Boğa batma sakın!"

"Anne ölmeeeee!" dedi çocuk çığlık çığlığa.

Anne ölmeeeee!

"Boğa batmaaaaaa!

Batma boğa!

MUHSİN BOZ

HENÜZ YEDİ AYLIKKEN...

Altı yaşında bir koyun anne doğurdu beni. Doğurur doğurmaz her tarafımı diliyle yaladı, kuruttu. Gözlerime baktı, gözlerine baktım; gözleri gözlerime, içime aktı. Kaç dakikadır seni yalıyorum, zaten beş aydır karnımda taşıyorum, diyerek yalamayı bıraktı tatlı bir serzenişle. Hemencecik memelerine saldırdım. Ağız sütüyle tanıştım. Tüy rengim gibi bembeyaz süt aktı ağzımın içine. Her taraf ne kadar sıcak! Annemin karnı, dili, gözleri, sütü... İki saat sonra ayaklarımın üstünde, annemin arkasında, takipteydim. Bir ben ve annem yoktu tabii çevremde. Baba insan, anne insan, altı yaşında bir kız çocuğu ve kucakta iki aylık bir kız bebek. Onlar da bana, anneme, babama karşı sıcaktılar; özellikle altı yaşındaki Zehra!

Annemin ve babamın üstünde Zehra'nın ilk harfi Z, kırmızıyla yazılıydı. Annemden öğrendim ne anlama geldiğini: Kızları Zehra'yı o kadar çok seviyorlarmış ki... Aynı renk, aynı harf, aynı şekil hepimizin üstünde, sırtımızda olsun istemişler.

İnsanlarca "ahır" adı verilen bir yerde yaşıyor, daha doğrusu bakılıyorduk. Sahiplerimiz, birkaç kez çocuklarında, hayvan sevgisi oluşsun diye baktıklarını dile getirdiler. Eğer bu yüzden bakıyorlarsa gerçekten sevgi adına her şey vardı. Sabahın ilk ışıklarında geliyordu Zehra. Sarılıyor, kucağına alıyor, okşuyor; pembe dudaklarımı, kara kirpiklerimi, kara tırnaklarımı öpüyor, parmaklarıyla tüylerimi tarıyordu. Öyle ki annemi emmek için neredeyse zaman bulamıyordum. Gerçi zaman bulamadığımda Zehra biberonla besliyordu beni. Ahırda sularımız ve yemimiz verildikten sonra bir çobanın koyun sürüsüne katılıyorduk sabahın erkeninde.

Büyüklü küçüklü üç yüze yakın koyun, kuzuyduk. İki çoban köpeğinin eşliğinde varıyorduk bir dağın eteğine. Zaman zaman annemi emiyordum, zaman zaman da değişik otlar yiyordum. Benim gibi pek çok kuzu tanıdım. Onlarla oynadım, zıpladım, hopladım, koştum, devrildim… Sürünün içinde kaybolacak gibi olunca annem, meleyerek çağırırdı beni. Hava kararmaya yakın yeniden toplanıyor, yola koyuluyorduk. Büyüklerimiz ortaya alıyorlardı beni ve yaşları bana yakın kuzuları. Köye vardığımızda anne insan, baba insan, Zehra ve kucaklardan inmeyen kız bebek karşılıyorlardı bizi. Üstümüzdeki kırmızı Z harfiyle hemencecik tanıyorlardı. Zehra, âdeta saldırıyor, sevgisinden kemiklerimi kıracak, tüylerimi yolacak, etrafı beyaza boyayacak gibi oluyordu. Bir süre sonra Zehra, "Zehra!" diye seslenince, kendi adını bana da verdiğini sevinerek öğrendim.

Anne insan kızına, kuzum veya kuzucuk diye sesleniyordu zaman zaman.

Anne babama sorduğumda, bu seslenişin sevgiden kaynaklandığını söylediler. Ayrıca bir savunmasızın; korunması, kollanması, koklanması gereken… Ne yalan söyleyeyim, çok mutlu olmuştum. Bir süre sonra daha değişik bir seslenme sözü daha duydum. Kurban! Onu da anne babama sorduğumda, içtenliği belirten, sevgiyle taçlanan, bezenen bir seslenme sözcüğü olduğunu öğrendim.

Biz büyüdükçe aileye yük gibi gelmeye başladık. Anne insan, eh, öylesine katlanıyordu. Ama baba insandan hepimiz korkmaya başlamıştık. Konuşmalarıyla, davranışlarıyla her şeyi zoraki yaptığı belliydi. Sevgi, yerini kabalığa bırakmıştı.

Sanki herhangi birimize veya hepimize her an zarar verecekmişçesine bakıyordu.

Zaman akıp gidiyordu ve ben her gün her gün, yeni bir şeyler öğreniyordum. Anne babama, büyüklerime o kadar çok soru soruyordum ki... Bıkmış, yorulmuşlardı sorduğum sorulara cevap vermekten. Gerisini sonra anlatırız, deyip geçiştirdikleri oluyordu. Bir gün babam; hep sen soruyor, ben, annen cevaplıyoruz veya arkadaşlarımız... Bu defa sen sormadan, ben anlatayım: Kesileceğini anlayan bir boğa, hayvan pazarından kaçıp kendini denize atmış. Üç gün boyunca yüzmüş.

Sonra denizin başka bir yerinde insanlar tarafından bulunmuş ve kurtarılmış. Kesilmeyecek; çünkü artık iyi insanların elinde. Hayvanların çoğu, söz ettiğim boğa kadar şanslı değil ne yazık ki! Bunları nereden biliyorum, diye merak edebilirsin. İnsanlar kendi aralarında konuşurken dinledim. Şimdi soracağın şeyleri tahmin edebiliyorum: Boğa ne, hayvan pazarı ne, kesilmek ne, yüzmek ne?.. Ben de cevap olarak, sonra, sonra, sonra, sonra... diyorum. Hadi, şimdi otlamaya!

Tek bir şey bile sormaya zamanım kalmadığını bilmiyordum.

Zehra bir ağacın arkasına saklanmıştı. Zaman zaman oradan çıkıyor, ne yapacağını bilmez hâlde ortalıkta ağlayıp duruyordu. Anne insan ve kız bebek yoktular. Baba insan ve birkaç tanımadığım kişi, anne babamın ayaklarını bağladılar; gözlerini kapatıp yere yıktılar. İnsanlar ellerini havaya kaldırıp bir şeyler mırıldandılar. Sonra güneş ışığında parlayan keskin şeyler, süt rengi tüyleri ikiye ayırarak boyunlara indi. Zehra'yla göz göze geldik. Gözlerime baktı, gözlerine baktım;

gözleri gözlerime, içime aktı. Gözlerimin önüne bir kara perde indi. Her şey ne kadar sıcak!

Ve artık ne kadar soğuk!

Oysa…

Yalnızca yedi ay yaşamak için gelmedim bu dünyaya. Tamam, anne babamla, pek çok koyun kuzuyla tanıştım. Sütle, otla tanıştım. Geceyle, gündüzle tanıştım. Güneşle, ayla, yıldızlarla tanıştım. Köpekle, çobanla tanıştım. Kuzulayan koyun anneler, henüz doğmuş bebe kuzular gördüm. Ama daha sormaya bile zaman bulamadığım, sorsam bile cevabını alamadığım yüzlerce, binlerce merak ettiğim kaldı ardımda, kaldı dünyada. Mesela ben koyun çıngırağı müziği dışında bir şey duymadım. Çobanların çaldığı kavalla ve müziğiyle tanışmadım. Karla tanışmadım. Bir dereyi karşıdan karşıya geçmedim. Hiç yüzmedim. Adlarını duydum ama keçilerle ve oğlaklarıyla tanışmadım. Süsmeye doyamadım… İnsanlara bir çift söz değil, milyonlarca, milyarlarca sözüm var, sözümüz var: Bizleri serbest bırakın. Hani kendi türünüz için "adalet, adalet" diye yakınır, bağırır durursunuz ya! Biz de adalet istiyoruz, özgürlük istiyoruz. Her yıl 150 milyara yakın hayvanı canlı canlı kesiyor, doğruyor, pişiriyor ve yiyorsunuz?!

Biz hayvanların insan türü kadar aklı, beyni yok. Bizleri kesip yemek için değil, aksine korumanız için kullanın aklınızı, beyninizi. Sadece otla, yeşille beslendiğinizde öyle söylenildiği, yazıldığı gibi hastalıklar olmayacak. Aksine şu anda boğazınıza kadar battığınız, ipinizi çeken pek çok hastalıktan eser kalmayacak. Et yiyerek bozduğunuz sağlığınızı korumanız için daha çok çalışıyorsunuz. Et demek; sağlık için boşa harcanan para demek, zaman demek, hastalık demek, ilaç demek ve en acısı silah-savaş demek! Et yemek, saldırganlığı arttırıyor. Saldırganlık artınca da görüyorsunuz işte dünyanın hâlini! Sadece bize değil, birbirinize saldırıyorsunuz.

Ot ve yeşil yiyen hayvanlara şöyle bir bakın. Başta biz

olmak üzere hepimiz barışçıl hayvanlarız: Geyik, ceylan, fil, gergedan, zürafa, antilop, inek... İnsan türü de sadece yeşille, sebze ve meyveyle beslense aynısı olacak. Barışçıl bir tür olacak. Protein, vitamin, yün deyip duruyorsunuz. Hayvanlar; sütleriyle, yumurtalarıyla, tüyleriyle zaten sizlere bunu sunuyor, veriyor. Sütte ve yumurtada yeteri kadar protein, vitamin var. Hem zaten yediğiniz pek çok bitkide de yeteri kadar protein ve vitamin var. Süte ve yumurtaya, et gözüyle bakabilir, et diye yiyebilirsiniz.

...

Söylemek istediğim, milyonlarca, milyarlarca sözden birkaçıydı.

DURSALİYE ŞAHAN

AYNI

Soğuk bir şubat günüydü. Annem sobaya sürekli odun atıyordu. Biz kardeşimle birlikte dışarıda yağan lapa lapa karı seyrediyorduk. Pamuk her zamanki yerine kıvrılmış, yarı uyanık mırıldanıyordu.

Mutluyduk. Ayşe biraz huzursuzdu. Sokak köpeği Yeşil'i merak ediyordu.

"Ya sığınacak bir yer bulamadıysa!"

Ablam, "Şansını zorlama. Annem Pamuk'u kabul etti ama Yeşil'i asla kabul etmez." dedi.

Ayşe de ısrar etmiyordu zaten. Biliyordu annemin izin vermeyeceğini ama yine de merak ediyordu.

Ayşe niye bizden farklıydı bilmiyorum. Daha küçücük bir kızken böceklere, kuşlara, kedilere, köpeklere karşı çok ilgiliydi. Benden sadece on bir ay küçük olmasına rağmen ilgi alanlarımız, hayata bakışımız hep çok farklıydı. Hâlâ da öyle.

İlkokul yıllarında -ben dördüncü sınıftaydım- eve gelen kurbanlık kuzuyu her yıl olduğu gibi beslemeye başladık.

Daha ucuza geliyordu. O, küçük kuzuyla hepimizden çok ilgileniyordu. Ondan önceki kuzuyu da merdiven altındaki barakada büyütmüş, kurbanda kesmiştik ama Ayşe o bayram amcamlardaydı.

Görmemişti.

Doğrusu hiçbirimiz onun bu olayı büyüteceğini, büyütse bile ağır bir travma yaşayacağını düşünememiştik.

Yeni elbiseler giyinip lokum şekerine saldırdığımız o bayram burnumuzdan gelmişti.

Koyun kesilmişti ama Ayşe'nin ağlama krizleri bitmek bilmiyordu. Bayram geçer geçmez annem kolundan tutup hocaya götürmüştü. Ablam da fırsattan istifade yıldızına baktırmıştı. Hocanın muskaları işe yaramayınca doktora gittik. Terapi almaya başladığında annemle babam bir daha eve kuzu getirmeme, dahası kurbanı köyde kesme konusunda anlaştılar.

Ondan sonraki bayramda köyde kesilen kurbanın eti sessizce getirildi.

Mahallemizde dolaşan sokak köpeğine Yeşil adını takan, hemen her gün onu arayıp bulan, pire ilacını aksatmayan da Ayşe'ydi. Artan her yemeği arsaya götürüp hep aynı yere bırakan da.

Yeşil de iki sokak öteden onun kokusunu alır, evden çıkar çıkmaz Ayşe'nin dibinde biterdi. Ayağı sakatlandığında bizim pencerenin önüne gelip ağlayarak yardım istediğinde elbette hepimizden önce Ayşe fırladı.

Tuhaf olan bir şey vardı: Hepimiz o güne kadar fark etmediğimiz sokak hayvanlarını Ayşe'nin sayesinde tanımaya başlamıştık.

Muhabbet kuşlarının kafeslerde acı çektiğini de Ayşe söylemişti.

O lapa lapa kar yağdığı gece Pamuk hamileydi. Ne zaman

doğuracağını bilmiyorduk ama yakın olduğu belliydi. Karnı irileşmişti.

Annem sobanın üzerinde kestane pişiriyordu. Kestanelerin bazıları patlamaya başladığında Pamuk kıvrıldığı yerden kalkarak köşedeki koltuğun dibine uzandı.

Babaannem örgü örüyordu, dedem Kur'an okuyordu. Ablamın yüzüne bakılırsa hayallere dalmıştı yine. Nefise teyzenin büyük oğlu İbrahim abiyle gizli aşk yaşıyordu. Nefise teyze ablamı istemiyordu ama onlar ayrılmamaya yemin etmişti.

Benden yolladığı mektuplarını gizlice okuyordum. Bizimkiler bilmiyordu zaten.

O gece, kestane kokusunun odaya yayıldığı an bir patlama duyuldu. O kadar şiddetli bir patlamaydı ki biri iki yandan kulaklarıma tokat atmış gibi sersemlemiştim.

Annem, "Aygaaaz!" diye bağırdı. Babam odanın kapısına yüklendi ama kapı açılmıyordu. Pencereden çıkamazdık. Demir parmaklıklar vardı.

Dedem, "Niyazi kapı niye açılmıyor?" dedi.

Babamın sesi hiç o kadar çaresiz çıkmamıştı. Âdeta çocuk gibi ağlamaklıydı.

"Baba patlama sırasında dolap düşmüş olmalı."

"Niyazi durma! Çocukları pencereden indir!"

Yangın büyümüş, kapının altından yoğun bir duman odaya sızmaya başlamıştı.

Babam, "Herkes balkona!" dedi.

Annem şaşkınlıkla, "Niyazi deli olma! İkinci kattayız." dedi.

Babam panik hâlindeydi.

"Başka çaremiz yok! Balkona çıkın diyorum size!"

Komşular çoktan evimizin etrafını sarmıştı. Çarşaflar gerildi, gençler yukarıya doğru atlayın işareti yapıyordu. Önce ablam atladı. Babamın korkusu öfkesiyle karışmıştı.

"Kızım ne duruyorsunuz, atlasanıza!"

Gözüm birden Ayşe'ye ilişti. Korkudan divanın altına kaçan Pamuk'u çağırıyordu.

"Ayşe hadi!" dedim ama beni duymadı.

Annem, babaannem, dedem atlamıştı. Ben Ayşe'nin divanın altına girdiğini babama söylemeye çalışıyordum ama babam o telaşla beni duymuyordu.

Kolumdan tuttuğu gibi balkona getirip aşağıdaki çarşafın üzerine bıraktı.

Aşağı iner inmez anneme sarıldım.

"Anne, Ayşe divanın altında kaldı!"

Annem iki elini başına vurarak bağırmaya başladı.

"Dur inme Niyazi! Ayşe'yi almadan inme!"

Babam hâlâ duymuyordu. Gençler hep bir ağızdan bağırmaya başladılar.

"Niyazi amca, Ayşe içeride!"

Babam bir an durdu. Alevler pencerenin önüne kadar gelmişti. İçeri girse babam da yanacaktı. O anda babamın tereddüt ettiğini fark ettim. Tam içeri girecekken bir patlama daha duyuldu babam sendeledi. Balkona düşmüştü. Güçlükle doğrulup kendini aşağıya bıraktı. Gençler patlamayla geri çekilmiş, son anda tekrar çarşafı açmışlardı.

Evimiz yanıyordu. Ayşe ve Pamuk içerideydi. Biz kurtulmuştuk ama annem "Ayşe'm, Ayşe'm!.." diye çırpınıyordu.

Sonra birden alevlerin arasından Ayşe çıktı. Bir eliyle eteklerindeki ateşi söndürürken öbür eliyle Pamuk'u aşağıya bıraktı. Arkasından kendisi atladı. O havadayken eteklerindeki alevler devam ediyordu. İbrahim abi onu havada yakaladı ve hemen su kovalarıyla bekleyen komşuların ortasına bıraktı.

Tepesinden aşağı inen sularla alevler söndü ama Ayşe'nin elleri ve bacaklarının bir kısmı yanmıştı. Derin değildi ama yine de çok acıyordu. Annem ağlayarak Ayşe'yi azarlıyordu.

"Kızım sen deli misin? Ya içerde kalsaydın ne olacaktı?"

O bana dönüp, "Pamuk nasıl?" dedi.

Yıllar geçti. O yangın bizim için bir dönüm noktası oldu. Her şeye sıfırdan başladık.

O günleri hiçbirimiz unutamadık.

Zaman zaman anılarımızdan çıkarıp o günün kritiğini yaptığımızda, annem hep kendini suçlar. "Ya birinize bir şey olsaydı ben ne yapardım?" der. Babam hâlâ Ayşe'ye öfke duyar.

"Kızım sende hiç akıl yok mu? Kediyi kurtaracağım diye insan yangına karşı kor mu?"

Ayşe aldırmaz omuzunu silker.

"Benim için hepsi aynı baba. Onlar da can taşıyor."

Yıllar geçti. Ayşe veteriner oldu. Sokak hayvanları için gönüllü hizmetlere, eylemlere, barınak çalışmalarına katılmayı ihmal etmez.

HATİCE DÖKMEN

SABAH HER ŞEYE GEBE

Gidecektim bu evden. Çok ciddiydim. Vallahi de billahi de gidecektim birkaç güne kadar... Ama bu sabah...

Çok şey istememiştim ondan. Hani derler ya; bir lokma, bir hırka misali. Tam da böyle yani. Sıcak bir yuva, karın tokluğu o kadar. Allah var, aç açık değilim. Sevgi de isterdim ama nedense beni sevmeyi becerememişti ya da sevmemişti... Güzeldim, sevimliydim. Bembeyaz. Yeşim taşı gibi parlayan gözlerim de onu baştan çıkaramadı galiba. Kafamı bu konuda çok yorduktan sonra onun sevmeyi bilmediğine karar vermiştim. Çünkü bu adam kendini bile sevmiyordu. Yoksa gününün çoğunu ve gecenin yarıdan fazlasını içki-sigara ikilisiyle tüketmezdi. Banyoya ve aynaya küs yaşamazdı. Tavandaki örümceklerle kirli zeminde turlayan hamam böcekleri bu kadar özgüvenli bir şekilde başka dost ve ahbaplarını da bu eve çağıramazlardı. Hoş bana oyun çıkıyordu o sayede ama...

İki ay oldu kapısına geleli. Çok pişman olmuştum sonra. Keşke ölseydim. Keşke araba altlarında kalsaydım da o gün bu adama sığınmasaydım diye, kendi kendime az hayıflanmadım. Ayağının altında dolandığım zamanlar beni iteklemesi bedenimi çok fazla yaralamıyordu ama içimde bir yerler acıyordu inceden inceye. Yüreğim daralıyordu. Ara sıra ensemi okşayıp "Ne habersin şapşik." demese beni hiç mi hiç istemediğini düşünecektim.

Geçimsiz biriydi. Huysuz. Aksi. Her kafası bozuk olduğunda iteklenmekten yılmıştım. Durumu kabullenip havalar ısınana kadar pısırık, sessiz ve tepkisiz bir vaziyette günlerimi tüketmem benim için hayırlı olacaktı. Mevsim yaz olsaydı belki diklenirdim. Belki, ne zaman su yüzü gördüğü belli olmayan o kara tenine tırnaklarımı geçirirdim. Hatta çeker giderdim. Ama dışarısı kar borandı. Sustum. Hep sustum.

Geceleri, dürbünle karşı apartmandaki mor perdeli pencereleri röntgenlediğini görünce de sustum. Bazen, mor perdelerin gece olunca kapatılması unutuluyordu ya da kapatılmıyordu, bilmiyorum. Rapunsel saçlı kadın elbisesini çıkarıp saçlarıyla aynı renkte olan uzun geceliğini giyene kadar, o pantolonunun önüyle oynardı. Bazen uzun bir süre açık kalıyordu perdeler. O, gözlerini dürbünden çekmiyordu. Ne zaman ki pencereler morla boyanıyor o zaman isteksizce kalkıyordu çivilendiği koltuğundan. Sağ elinde dürbün tutma yorgunluğu, sol elinde ateşi geçmiş şehvetin ıslaklığıyla... Sonra atıyordu yine kendini alkolün uyuşturan, unutturan kollarına ve kadehini kaldırıp sitem ediyordu mor perdelere.

"Ulan Allahsız! Beni soktuğun şu hallere bak. Reva mı lan bana, reva mı?

Alkol parmak uçlarını bile esir aldığında, sızıyordu uzun uzun uykuların ölümüne. Ben yine susuyordum.

Doğru dürüst dışarı bile çıkmıyordu. En fazla iki günde bir. Dönüşte mutfağın tezgâhına fırlatır gibi bıraktığı poşetlerde yiyecekten çok içki şişeleri boy gösterirdi. Ve birkaç kitap. Çok okurdu. Artık ne varsa onlarda. Saatlerce dalardı öyle zamanlarda. Öyle ki bazen içkiyi bile unuturdu diyebilirim. Bazı sayfaları kırmızı kalemle çizerdi. Bazen dağınık masanın üzerinde hazır bekleyen kenarları kıvrık defterine hızlı hızlı bir şeyler yazardı. Çoğunluk yırtıp çöpe atardı yazdıklarını. Farklı bir mutsuzluk akardı yüzünden. Burnundan soluduğu böyle zamanlarda köşemde uyuyormuş gibi yapardım.

Bir keresinde kafası her zamankinden daha kıyaktı. Çok nadir olarak yırtıp atmadığı sayfalardan birini açıp ardından öksürerek boğazını temizlemişti. Sözleri ağzında yuvarlayarak, dudaklarını eğrilte eğrilte okumuştu yazdıklarını. Sesini beğenmemiş olmalıydı ki yarıya gelmeden başa dönüp tekrar tekrar okuyordu. Son öksürüğüyle balgamdan temizlenen boğazında ellerini gezdirdikten sonra tane tane okumayı başarmıştı. Sesi öyle yumuşacıktı ki şiirden anlamayan ben bile etkilenmiştim.

Çıt diye kırıldı tutunduğum dallar

Ve bir bir öldü sevinçlerim

Ne ben eski benim artık

Ne de sen eski sen

Ne sen dönersin gittiğin yoldan

Ne de ben dönerim sana olan sevdamdan...

Sonra bana bakmıştı ters ters. Ben köşemdeki miskinliğimi bozmamıştım. Her zamanki gibi uyumuş taklidi yapmıştım.

Bazen kitaplardan kafasını kaldırır dakikalarca fotoğraflara dalardı. Duvarlardaki tozlu çerçevelerde kalmış aile fotoğrafları. İki servi boylu oğlan... Podyumdan fırlamış da bu tozlu çerçevelerin içine kendini mahkûm etmiş ay yüzlü bir kadın. Karşı penceredeki kadına çok benziyor. Onun da saçları uzun. O da hep siyah giyiniyor... Ve o... Ne kadar yakışıklı. Nerede o iri kara gözler? Nerede o her telinden ışık yayan kıvır kıvır saçlar, Kütahya porseleni gibi parlayan dişler. Terziden o gün alınmış da hemen deklanşör karşısına geçilmiş gibi görünen o güzelim takım elbiseye ne demeli. Kanatlarının altına çocuklarını alıp vakur bir duruşla poz verdiği resim öylece donmuş çerçevenin içinde.

Sevmiş miydi onları? Ya da çok mu sevmişti? Yoksa tıpkı şimdiki gibi sevmeyi bilmediği için mi yanında yoklardı? Neden duvardaki tozlu çerçevenin içinde sıkışıp kalmışlardı? Üzülüyordum onun için. İnsan nasıl olur da hiç yaşamıyormuş gibi sadece soluk alarak günlerini tüketebilir ki? Geldim geleli ne geleni var ne de arayıp soranı. Hiç değilse bir telefonu olsaydı belki konuşmalarından anlardım. Kimdir, nedir? Neyse ki gidecektim. Onu, onunla bırakıp gidecektim. Belki sokak köşelerinde sabahlayacaktım. Şansım varsa belki bir barınak bulacaktım. Her neresi olursa olsun buradan daha iyiydi. Onun sevgisizliğinde çoğalmaktansa…

Dün, beni arkadaki boş odaya kapattığından beri iyice kararlıydım. Oysa ben bu soğuk odaya kapatılacak hiçbir şey yapmamıştım. Hoş, bir zamanlar oğlanlarının yattığını tahmin ettiğim ranzanın alt katını hazırladı bana, ama ne olursa olsun yine de çok gücüme gitti. Artık iyice gözümü karartmıştım. Sabah olsun mutlaka gideceğim diyordum ve sabah oldu.

Ben her zamanki gibi miskin miskin uyukluyordum. Üstelik her zamankinden daha küskün daha mutsuz. Kapıyı usulca açtı. Umursamaz görünmeliydim. Gözlerimi hafifçe araladım. Yüzünü hiç bu kadar aydınlık görmemiştim. Yıkanmış mıydı, yoksa mutlu muydu o an kavrayamadım. Bu adam iki aydır birlikte yaşadığım adam değildi. Nerdeyse duvardaki fotoğrafta yıldız yıldız gülümseyen adamın aynısı olmuştu. Sinek kaydı bir tıraş. Yeni olduğu her halinden anlaşılan kot pantolon ve üzerinde şık bir triko kazak. Yüzünde gülücüklerle yanıma geldi. Sırtımı okşadı. Yemeğimi her zamankinden fazla koydu tabağıma. Üstelik konserve. Gözlerime ilk defa bu kadar sıcak baktı. Şimdi de karnımı okşuyor.

"Ne haber kızım? Hadi bakalım az kaldı, yakında dede olacağım bu gidişle."

Aman Allah'ım. Kulaklarıma inanamıyorum. Biliyordu ha! Biliyordu! Farkındaydı. Her şeyin farkındaydı. Oysa ben... Yani, bırak doğacak yavrularımı, benim dahi varlığımın farkında olmadığını zannediyordum. O benim karnımı okşarken kapıda biri daha belirdi. Yok artık... Karşı dairedeki kadın. Mor perdeli evdeki siyahlı. Ya da ne bileyim çerçevedeki kadın. İkisine de benziyor. Bedeninde siyahın asilliği dalgalanıyor kıvrım kıvrım. Ne kadar güzel gülümsüyor. Ne kadar anaç bakıyor gözlerime. Şimdi o da beni okşuyor. Patilerimi, karnımı, bebelerimi. "Demek senin şapşik kızın bu ha?" diyor, Rapunsel saçlı kadın. Yanıma oturuyor. Yumuşacık elleriyle beni kucaklayıp dizlerinin üstüne koyuyor. Siyah sabahlığının kaygan kumaşı içinde adeta sarhoş oluyorum. O benden daha sarhoş. Kadının ellerini yakalayıp avuçlarının içine alıyor. Öpüyor, öpüyor. Aşkla öpüyor. Özlemle öpüyor. "Sen yokken hiç yaşamadım, biliyor musun," diyor. "Bir daha sakın beni bırakma." Ve ben, on dakika öncesine kadar düşündüklerimin hepsini unutuyorum. Kanım ılık ılık dolaşıyor damarlarımda. Artık sevginin çok yakınındayım. Hatta kucağında, hatta yüreğinde. Yavrularım da sevgi dolu sıcacık ellerde büyüyecekken gitmek niye?

NİLGÜN ÇELİK

MASALLARIN KAHRAMANI

Sen beni arkadaşlarına, "İşte bu benim Ferdinand dedem, ne kahramanlıklar yapmış bir bilseniz", diye anlatıyorsun ya... Sen ne biliyorsun ki evlat? Sana anan baban ne anlatmış ola ki? Onlar zamane hayvanı. O günlerde yaşasalardı ödleri kopardı. Ah! O günler zordu. Şöyle gel, dizlerini kır, otur yanı başıma bir de benden dinle. İstersen beğendiğin bir ağacın gölgesinde oturalım. Ya da şu yonca tarlasına dalalım hem konuşur hem yeriz. Gürül gürül akan derenin kenarına da oturabiliriz.

Bundan seneler önce, ben doğduğumda süren bir gelenek vardı insanoğlunda. İnsanlara sevmeyi, merhametli olmayı, can yakmamayı öğütlüyordu. Söz konusu bizim gibi danaların, boğaların, kuzuların yaşam hakkı oldu mu, bunu gerektiriyormuş. Çok dik başlıydım, çok gençtim bu maneviyatı anlayamıyordum. O yıllar bu fotoğrafa selfi dediler, ben duydum. Şimdi de selfi mi diyorlar? Her neyse... Ne derlerse desinler... Kesilme günümüz gelecek diye bütün yılı korkuyla geçirirdik ama birkaç gün içinde her şey olur biterdi. Benim zamanımda, kesim yaz sonuna denk gelmişti. Annem, babamı kaybettiğimiz yılın, kış olduğunu söylerdi. Soğuk bir kış günüymüş. Yerdeki karın üzerine kıpkırmızı kanı akmış babamın. O kadar soğukmuş ki bıçak tutan eller donmuş. Babamı kestikten sonra bir ahıra taşımışlar da soba yakıp orada parçalamışlar. Annem "Yonca kokan baban, parçalanırken de mis gibi çiçek kokuyordu, yonca kokuyordu," derdi...

Beni hüzünlendirdin evlat. Dur, şu dereden bir su içeyim yüzümü yıkayayım. Sana ağlamadan anlatmalıyım. Dedim ya zordu. Kapkaranlık günlerdi. Hangimiz neyle cezalandığımızı bilmeden yakalanıp bir bıçakla hayattan göçüveriyorduk.

Bir ağaç arıyorduk şöyle gölgesinde soluklanalım. Gel gör, şimdiki gibi nerede bu kadar yeşillik? Ağaç kalmamıştı memlekette. Her yer uzun uzun bina. Bizim gezeceğimiz, gönlümüzce yayılacağımız bir otlağımız yoktu. Sen, şimdi bu otları, bu otlağı bu yemleri buluyorsun da burun kıvırıyorsun. O zaman nimetti bu yonca.

Bizi, sağı solu naylonlarla çevrili bir yere koyarlardı. Yaklaşık beş yüz dana, boğa. Hepimiz bir birimizin yüzüne, kıçına soluya soluya yaşamak zorundaydık. Sen şimdi istediğin ağacın altına git yat, yayıl, uyu. Böyle özgürlük yoktu o zaman. Birbirimizle fısıltı halinde konuşur, sesimizi yükseltemezdik. Mesela sen şimdi istediğin gibi böğürüyorsun değil mi? Ne derdin var? Hiiiç! Sana "sus!" diyen de yok, kıçına bir tekme vuran da. Biz azıcık sesimizi yükseltsek, tekme hazırdı. Kuru otumuzdan olurduk.

Dedim ya zor yıllardı. Allah bir daha göstermesin. Kapkaranlıktı. Ahırın kapısına gelip saatlerce konuşan sahibimiz ki ona asla "konuşma" denmezdi. Aslında bizim bağrışmamız gerekirken, o inatla yemeğimizi azaltır, alanımızı daraltıp üstüne bir de böğürürdü.

Kalkma otur, dinle! Devamı var. Kahraman diyorsun ya bana. Ben de durup dururken kahraman olmadım. Beni dinle sonra gezersin Sarıkız'la.

Biz birbirimize kenetlenmiş, aramızdan kimseyi vermek istemesek de sahip, iplerle, tahtalarla vurup canımızı yakıyor, sonra içimizden birini seçip götürüyordu. Sana bir sır vereyim, o zaman ben Küsmük adında, benim yaşlarda körpe bir danaya âşıktım. Öyle güzel bakardı ki... O nu götürdükleri gün beni tutmaya çalıştılar, zapt edemediler tabii. Önüme geleni ısırdım, arkama geleni teptim. Ben artık bir dana değildim. At oldum şahlandım, boğa oldum teptim. Beni yakalamaya çalışırken diğerleri başka bir danayı da yakalamış olmalılar ki bir böğürtü bir hırıltı duydum, kim bilir kimi götürdüler. Geri dönüp bakamadım. Koştum koştum koştum... Ardımda insan sesi, araba sesi birbirine karıştı. Sayısını bilmediğim caddelerden, sokaklardan geçtim. Herkes önümden kaçışarak çekildi. Bana korkuyla baktılar. Nefes nefese büyük bir su birikintisinin önüne geldim. Son çaremdi. Ya suya atlayıp özgürlüğüme kavuşacaktım ya da elimi kolumu bağlayacaklar canımı bir değil birçok defa bıçaklayarak alacaklardı. Sonra önümde toplaşıp fotoğraf çekeceklerdi sırıtarak. Bunu onlara tattırmayacaktım. Onlara boyun eğmeyecektim. Atladım suya. Hiç korkmadım. Hey gidi günler hey! O zaman bıçkın bir delikanlıydım, gözüm karaydı. Gerçi bugün de olsa aynısını yaparım. Suya atlamamla içimde biriktirdiğim tüm gözyaşım aktı. Neyse ki ağladığımı göstermedim onlara. Aslında atlarken de beni kimse görmedi. Buna akıl edeceğimi düşünemediler. Suya girince hem yüzdüm hem korktum hem ağladım. Kaç gün geçti bilmiyorum. O kadar acıktım, o kadar susadım ki. Yönümü bilmeden ölüme gitmiştim. "Onların elinde bıçakla öleceğime, yüzerek açlıktan, yorgunluktan ölürüm daha iyi," dedim. Bir ara yüzerken uyudum. Rüyamda balık gibi yüzüyordum. Denizin dibine inip yeşil çiçeklerden bile yedim. Uyandığımda karnım toktu ve çok hafiflemiştim. Öldüm sandım. Ama baktım bir yeşillik var. Sudan son gayretimle o yeşil tepeye çıktım. Yemyeşildi. Birçok insan, inek var. Danalar, koyunlar var. Burası bambaşka bir yerdi. Beni görünce sevindiler. Başımdan geçenleri anlatmama gerek yoktu, tanıdılar. Çok zaman geçmiş, masal zamanı kadar. "Sen denize atladıktan sonra, tüm dünya değişti. Her şey değişti.

Böğüren adam artık yok. Kaçtı gitti. Artık yeşil çayırlar yayıldı. Yoncalar, çiçekler büyüdü. Memlekette artık dana kesilmeyecek," dediler. Beni kutladılar, sevindirdiler. Meranın en güzel yerini gösterdiler, "burada dinlen," dediler. Onların kahramanı olmuştum.

Öyleydim.

Şimdi kıpır kıpır yerinde duramıyorsun, ot beğenmiyorsun. "Benim Ferdinand dedem kahraman" derken, boş keseden atma, bunları bilerek söyle. Unutma ki; sen dünyanı değiştirmezsen dünya durup dururken değişmez. Özgürlük ruhunda olmalı, dilinde değil. Bunun için de mücadeleci olmalısın. Hangi dedenin torunu olduğunu da hiiç unutma torunum.

KÂZIM ALTAN

MAVRİ

Sabah güneşi tek odalı kulübenin penceresinden süzüldüğünde yavaş yavaş gözlerini araladı. Bir gün önceki uçak yolculuğu yorucu geçmişti.

Köy halkı çoktan bağa, bostana çıkmış olmalıydı. Annesini düşündü. O bugün oğlunu bırakıp bir yere gitmezdi ki...

Doğrulup yataktan çıktı. Ocaktaki bol limonlu mercimek çorbasının tanıdık kokusunu ciğerlerine çekerken gülümsedi.

Köylüler için güz demek, yılın en bereketli, en hareketli dönemi demekti. Tarlalardan çekilen ürünün muhafazası, nadasa bırakılan tarlaların yeniden sürülüp ekilmesi, kalan ekinlerin toprak altına çevrilmesi, seyredene kolay görünse de sabır ve güç isteyen işlerdi.

Toprak beşikteki bebek gibi bakım istiyordu.

Domatesler, fasulyeler, börülceler toprak damlarda güneşe serilir iyice kuruduktan sonra domatesler tuzlanıp salçaya dönüştürülür, diğerleri de dövülüp kabuğundan arındırılarak kilere kaldırılırdı.

Geride durup eski kulübeyi seyretti. Bir zamanlar gözüne büyük görünen bu kulübe, şimdi ne kadar da küçüktü. Çocukluğunda altlı üstlü 'hanaylı'[1] bir evdi. Yan taraftaki ağılları, incir ağacı, gövdesi yamru yumru olmuş iki zeytin ağacı, yüksek duvarların çevirdiği avluda üzümleri ezdikleri yalak, geçmişin renkli boncukları gibiydi...

Ama mazinin en büyük travması o depremdi. 1953 yılının ağustos ayında, sabahın erken saatlerinde birdenbire her yer beşik gibi sallanmıştı. Annesi onu kolundan tuttuğu gibi dışarı fırlatıp geri döndü. Çıktığında kız kardeşi kucağındaydı. Mavri'nin böğürmesiyle de kız kardeşini avluya bırakıp ağıla koştu. Emine Hanım, çocuklarını da Mavri'yi de ölümüne koruyacak bir anaydı.

"Annem'le Mavri ağıldan çıkar çıkmaz üst katın sağ duvarı, köşe taşlarıyla birlikte, bitişikteki ağılın damına çöktü. Çok korkmuştuk."

Böyle düşünürken o sabah evlerinin bir anda yok oluşunu yeniden yaşar gibi oldu. Duvarlar, çatılar kumdan kale gibi yıkılıyordu. Omuzunda toprak testisiyle suya giden komşuları Hanife Hanım, enkaz altında kalmış inim inim inliyordu. İlk anda birilerinin onu taşladığını sanmış "yapmayın" diye haykırmıştı.

"Koşarak yanına vardığımızda ise artık iş işten geçmişti."

Ali Efendi, Mavri hariç bütün hayvanları dere boyuna götürmüş olası bir ikinci depreme karşı tedbir almıştı.

O depremden sonra evleri bir buçuk odalı bir kulübeye dönüştü. Ne zaman deprem sözcüğünü duysa aklına o gün

---

1 Hanay, Kıbrıs'a özgü bir terimdir. İki katlı köy evlerinde üst kata giriş için dıştan konan merdiven ve küçük bir balkonu olur. Hanay genelde üst katta tek odadır.

geliyordu. O günün hüznü ve korkusu giderek azalsa da tamamen silinmemişti.

Anılarındaki felaket gününü her zaman yaptığı gibi belleğinden kovaladı.

Ali Efendi kasabada doğup büyüdüğü için sadece kendi ana dilini biliyordu. Köye güvey geldiğinde Rumca da öğrenmişti. Hayvanlarıyla genelde Türkçe konuşsa da bazen Rumca konuştuğu da oluyordu. O yıl ilk danasını doğuran, bal renkli Melisa çiftte kaytardığı zaman, Mavri'nin huylanmasını hoş görür, "Genç toy o, boyunduruğa bir türlü alışamadı. Sen boş ver onu, hallederiz" der yükü Mavri'ye bırakmaması için Melisa'yı sıraya çekerdi.

Dokuz çocuk anası olan Emine Hanım bağ bostan işleriyle birlikte evin bütün yükünü üstlenmişti. Daha bebekken cennete yolladığı iki evladından sonra geride kalan yedi çocuğunu yememiş yedirmiş, giymemiş giydirmişti.

Altan küçükken, ekmek pişiren annesini seyretmekten büyük keyif aldığını hatırladı. Pişirme işi biter bitmez arkasından gelen tereyağlı taze ekmeğin tadı, kokusu, beynine kazınmıştı. Annesinin yazın hazırladığı tarhana da unutamadığı tatlardan biriydi.

Babası Ali Efendi, köyde kolakas[2] yetiştiren tek çiftçiydi. Bir kısmını eve ayırır kalanı pazara götürürdü. Emine Hanım eşinden harçlık istemekten çekinirdi. Ali Efendi eşinin hassasiyetini evlilik yıllarının ilk günlerinde anlamış olacak ki, hasadın bir kısmını köylüye satsın diye evde bırakmayı kendine prensip edinmişti.

Emine Hanım'ın Turunç çiçeklerinden çıkardığı şişeler

---

2 Kolakas Akdeniz'e özgü, patatese benzeyen bir yumru yiyecektir.

dolusu çiçek sularının müşterileri daha çok yaşlı köylülerdi. Bunların bir kısmını kendine ayırır, zaman zaman yüzünü, gözlerini yıkardı.

"Annemin belki de tek lüksü buydu."

Altan bunu hatırlayınca yüzünde bir tebessüm belirdi.

Köy yerinde, topraktan ne çıkarsa değerlendirme geleneği vardı. Şehirdeki müsrifliğin tersine burada toprak, yiyecek, içecek, su, ağaç daha bir kıymetliydi.

Kışın, bel boyuna çıkan yaban otları, ilkbaharda kesilip hayvanlara yedirilir; saman, arpa, burçağın bahar sonuna kadar yetmesini sağlardı. Onca hayvan başka türlü nasıl yazı görebilirdi ki?

İngiltere'deki çiftçilerin "Forward planning" dedikleri ileriyi düşünerek hareket etme ilkesi en sade haliyle bu köyde, tıkır tıkır uygulanıyordu.

Kulübenin önüne çıkıp annesine bakındı ama göremedi. Babası kim bilir hangi tarlada çifti kurmuş, kaç yarık açmıştı. Büyük amcası da babası gibiydi. Köyün bütün erkekleri birbirlerine benziyordu. İşine geç gideni, gün doğduktan sonra uyumaya devam edeni yadırgıyorlardı.

"Çiftçi dediğin kuşluğa kadar işini bitirir," sözüne inançları tamdı.

Tekrar kulübeye girip odanın düz, tahta penceresini açtı. Serin, temiz hava ne güzeldi. Londra'nın merkezindeki küçük dairesinin penceresini ne zaman açsa özellikle kış aylarında kasvetli, kurum kokan bir havayı solumak zorunda kalıyordu. Para kazanmanın bedellerinden biri de o kirli havaydı.

Giyinip yeniden dışarı çıktı. Acıkmıştı. Annesi elindeki yumurta sepetiyle harmanın öbür ucundan görününce ona gülümseyerek el salladı.

"Senin yumurtanı özlediğimi nereden biliyorsun?"

"Bilmez miyim oğlum? Hele sen biraz oyalan, ben hemen hazır ederim."

Havaya karışan hayvan dışkısının kokusuyla ağıla doğru yürüdü. Tahta kapı gıcırdayarak açıldı. Gözleri alışana kadar loş ışıkta etrafa bakındı. Sanki hâlâ Mavri oradaydı.

Annesi geçen yıl dayıoğluna yazdırdığı mektupta yine Mavri'den bahsetmişti. O satırlarda sanki gizli bir pişmanlık, bir özür vardı.

İnsanlar hep hayatın acımasız olduğunu söylüyordu. Ya hayvanlar? Onlar için hayat insanlarınkinden daha mı kolaydı? Hangi hayvan insanoğlundan daha şanslı sayılabilirdi ki?

"Ah Mavri!" diye hayalindeki dostuna hafifçe seslendi. Sanki Mavri dönmüş, yıllar öncesinde olduğu gibi yalağından başını kaldırmış ona bakıyordu.

"Biliyor musun Mavri, bu ağılın lideri sendin. Sen bir inekten çok bir cengâver gibiydin. Sütten kesilir kesilmez annen pazarda satılmıştı. O yavru hâlinle kim bilir anneni ne kadar özlemiştin! Ama biz bunu hiç düşünmedik, fark etmedik. Yani senin de bir can taşıdığını biz hep göz ardı ettik. Sonuçta sen bizim için sadece bir hayvandın. Nasıl olsa gerekçemiz hazırdı: Annenin karşılığında alacağımız paraya ihtiyacımız vardı. İnsanlar paraya ihtiyacı olunca elbet de hayvanlarını satarlardı. Bundan tabii ne olabilirdi ki?"

"Ama biliyor musun Mavri, annenin gidişine en çok annem üzüldü. Ben onu anlıyordum. Dile getirmiyordu ama üzgündü. Bir şey dese, sanki birileri, ona, *'deli misin ki bir ineğin arkasından üzülüyorsun'* filan diyecek gibi hissediyordu belki de. Bir kez, sadece bir kez, 'Sanki ağıldan değil de soframdan biri eksilmiş gibi oldu,' dediğini duydum, kayıpları çoğalan bahtsız anamın. Ona cevap veren olmadı ama ben, annemin o cümlesini hiç unutmadım, biliyor musun?"

"Mavri, inan bana annenin gidişi babam Ali Efendi'yi de

üzmüştü. Biliyorsun babamın bir günden bir güne hayvanlardan birini dövdüğü, aç bıraktığı görülmemiştir. Kırmızı katırı, sebatlı hayvan, can yoldaşı, iş arkadaşı, aniden hastalanıp göçtüğünde de çok ağlamıştı. İşitme özürlüdür babam. Her aklına geldiğinde 'O benim gözüm kulağımdı' der gözyaşlarını akıtırdı. Bir defasında bana 'Belki de hayvanların Allah'ı da biz insanlarız. Düşünsene bu ağıldaki hayvanları beslemezsek, nasıl doyacaklar!' demişti."

"Sen büyürken, hani siyah boynuzların yavaş yavaş çıkmıştı ya, karakterini de belli etmeye başlamıştın. Köydeki diğer süt ineklerine göre sen daha iriydin. Kemiklerinin iriliğini ilk kez babam fark etti. Sürüde de hep başı sen çekiyordun. Hiç yorulmazdın ama boyunduruktan da nefret ederdin. Böyle direnmeye başladın mı boynuzlarını sağa sola savurur, ölümüne direnirdin Mavri."

"Babamı ayak sesinden tanırdın. Onun tarlaya gideceğini anlar, yerinden kalkar ağılın kapısına yaklaşırdın. Seni ailece severdik ama biz çocuklar daha da çok severdik. Annemin söylediğine göre sen bereketliydin de."

"İlk yavrun doğduğunda senin başından ayrılmamıştım. Annem sütün yağlı diye keyiflenirdi. Senin sütünden yapılmış kaymağı bala katıp yemek çok güzeldi."

"Hırçınlığına alışmıştık. Sebepsiz yere hırçınlık etmezdin ki sen. Sadece sütünü önce yavrun emsin, O doyunca kalanı biz sağalım isterdin. Abim... Abim sana bazen kaba davranır, vurmaya kalkardı. Ama annem onu engellerdi, biliyorsun değil mi? Sana el kaldırdığında hemen azarlardı abimi."

Altan durup boş yalağa dalan bakışlarıyla geçmişin bazen ne kadar acı olabileceğini düşündü.

Ali Efendi büyük oğlunun sabırsız davranışlarının farkındaydı. Nihayet, Bir sabah oğluna da karısına da Mavri'nin sağılmasını yasakladı.

"Hayvan gece gündüz tarlada çalışıyor zaten. İyice hırpalandı. Rahat bırakın onu..."

Herkes şaşırmıştı. Şimdiye kadar köyde hangi inek sütü olduğu halde sağılmamıştı ki?

Emine Hanım, yaklaşıp kafasını okşadığında, Mavri yaşlı kadına, anasına sarılır gibi kendini bıraktı. Durumu anlamıştı Emine Hanım. Mavri yavrusu süte doymadan sağılırsa sinirlenecekti. Kimselere fark ettirmeden Mavri'nin yalağına fazladan ot, kırık burçak karışımı arpa ve kepek koymaya başladı.

Son birkaç yılda Mavri'nin doğurganlığı da gerilemeye başlamıştı. Artık iki yılda bir yavruluyordu. Tarlada da eskisi kadar hızlı çalışamıyordu. Abisi sürekli "Mavri'yi satalım" diyordu. Babam bu tekliflerine renk vermediği halde o sürekli yeni yeni müşteriler buluyordu. Bir sabah yine büyük bir heyecanla koşarak geldi:

"Baba bak bu sefer yok demeyeceksin. Mavri'ye müşteri buldum. Hem adam onu yavrusuyla birlikte almak istiyor. Kasap filan değil yani, kendi zevki için alacakmış."

Ali Efendi yine sessiz kaldı! Abisi bu kez peşini bırakmamaya kararlı görünüyordu.

"Ne diyorsun baba ha? Bir daha böyle fırsat geçmez elimize. Mavri daha ne kadar yaşayacak ki? En çok 3-5 sene. Öyle değil mi baba? İnekler 20 yıldan fazla yaşamaz diyen sendin. Mavri 20 yılı doldurdu. Köyde onun yaşında inek var mı baba? Üstelik yıllarca saban çekmiş bir hayvan."

Emine kadın da oğlunun getirdiği bu haberle hüzünlenmişti ama eski köye, yeni adet gelecek değildi elbette.

Sonunda babasını ikna eden abisi sevinçle atına bindi. İpe bağladıkları Mavri'yle yavrusunu, peşine takarak çekip gitti.

Mavri'nin, atın peşinden sessiz, uysal gidişi hepimizin beynine kazınmıştı. Ama o bir kez bile dönüp arkasına bakmadı. Belki de hepimize küsmüştü.

O veda anında Altan'ın boğazına yerleşen yumru hiç gitmemiş, zaman zaman kendini hatırlatmıştı. İşte şimdi boş yalağa bakarken, yine o yumruyu hissediyordu.

Keşke emektar Mavri'miz doğup büyüdüğü, yaşlandığı yerde kalabilseydi. Neyse ki abim onları kasaba satmadı. Ona da şükür.

Böyle düşünürken ağıldan çıkıp etrafına bakındı.

Sabah güneşinin parlaklığı azalmış gibiydi.

HANDAN ÜNLÜ HAKTANIR

HAYDAR

Sushmita o sabah her zamankinden de erken kalktı yatağından. Rüyasında Gopal'ı görmüştü. Siyah renkli bir ata binmiş, ona doğru geliyordu. Kendisi de kırmızı gelinliğinin içinde bir *apsara* kadar güzeldi. *Vivaha*ları muhteşem bir sarayda yapılıyordu. Kulaklarında küpeler, kollarında bilezikler ve ayak bileklerinde halhaller vardı. Gerçekleşmesi mümkün olmayan bir rüyaydı bu ama gece her uyandığında devamını görebilmek için hiç kıpırdanmadan sürekli aynı tarafa yatmaktan kolu uyuşmuştu. Kederli bir of çekti. Bir süre hareket etmeden dimdik durup kolunu ovuşturdu ve hızlı adımlarla kapısı arka verandaya açılan hamama doğru ilerledi. Günün ilk *pujası* için vakit geçirmeden sabah banyosunu alması gerekiyordu. *Pujası* bitince en yakın arkadaşı Pakiza'yla parkta buluşacaklardı. Ertesi gün bayramdı. Pakiza ailenin en büyük kızıydı ve bayram hazırlıklarına katkıda bulunması bekleniyordu. O yüzden erkenden buluşmaya karar vermişlerdi.

Evin emektar *jamadarni*si Çanda çoktan gelmiş, çömelerek oturduğu yerde, tavus tüyü süpürgesiyle verandayı süpürüyordu.

Çanda, toplumun en alt tabakasını oluşturan ve başkalarına hizmet etmekle görevli olan *Şudra kast*ından geliyordu. Sushmita'yı görünce iki elini göğsünün önünde birleştirerek *namaste* yaptı ve bacaklarını daha da karnına çekerek irice bir top halini aldı. Kollarındaki ve ayak bileklerindeki cam bileziklerin şangırtısı durunca da hafifçe doğrularak işine geri döndü.

Sushmita suyu bir süre akıttıktan sonra duşun altına girdi. Bu *kast* olayından hiç hazzetmiyordu. Bunun nedeni sadece Gopal'ın bir alt *kast*tan geliyor olması değildi. İnsanları kırmaktan hoşlanmayan bir yapısı vardı ve çevresindeki bazı kişilerin alt *kast*lardan gelenlere nasıl davrandığını gördükçe içi fena oluyordu.

Saçlarını kurutmasına gerek yoktu. Güneşin kavurucu ışınlarının altında çok geçmeden kuruyacaktı nasıl olsa. Üstüne açık yeşil renkli, sabun kokan *saris*ini geçirerek salona geçti. Tanrı Ganeş'in fil başlı, koca göbekli ve kocaman kulaklı *murti*si büfenin üzerinde onu bekliyordu. Ona göre Hıristiyanların İsa ve Meryem Ana heykelciklerinden farklı değildi bu heykelcik ve mutlu edilmesi gereken bir konuk gibiydi; o yüzden ona su, tütsü, çiçek, yaprak, meyve ve şekerleme sunmalıydı. Tüm dinlerde kişinin iç dünyasıyla bağ kurmak ve tanrıya şükranlarını sunmak için yaptığı bir takım ibadetler vardı. *Puja* da Allah için kurban kesilmesi gibi bir şeydi. Tek fark *ahimsa* ilkesine göre *murti*ye sunulan şeylerin tümüyle bitkisel olmasıydı. Bu ilke, hem fiziksel hem de manevi anlamda, hatta düşüncelerde dahi hiçbir canlıyı incitmemek anlamına geliyordu. Yeryüzündeki tüm canlılar aynı ailenin fertleri gibiydiler. Onları sevmek ve korumak insanı sevmek ve korumakla aynı şeydi.

Gayatri Mantrası'nı okuyarak *murti*yi sandal ağacı macunuyla ovdu. Ganeş'in çok sevdiğine inanılan kırmızı renkli çiçekleri ve akşamdan hazırlanan yiyecekleri *murti*nin önüne koyarak tütsülerini yaktı. Sonra *puja* yapmaktaki niyetini belirterek dileklerini sıraladı. Gopal'la evlenebildiği takdirde hiçbir karşılık beklemeden başkalarına yardım edeceğine ve başı derde girenleri koruyacağına dair Ganeş'e söz verdi. Daha sonra, heykelciği suya daldırdı ve sunu olarak getirmiş olduğu ballı sütü içerek kahvaltısını yaptı.

Aslında kendi bahçeleri de küçük bir park kadar büyüktü ama iki arkadaş genellikle kimsenin onları rahatsız etmeyeceği bir yerde buluşmayı tercih ediyorlardı. Sushmita Pakiza'yla parkta gezinmek, bayram için yaptıkları hazırlıkları öğrenmek için sabırsızlanıyordu. Gelenlere neler ikram edeceklerdi acaba? *Nimbupani* ve *dahi ki lassi* hem Müslüman hem de Hindu davetlerinin olmazsa olmazıydılar ama Müslüman davetlerinde alkol, Hindu davetlerinde de et olmazdı.

Birden bahçede dolaşırken saati unutuverdiğini hatırladı. Arkadaşı onu duyabilecekmiş gibi, "Geliyorum, Pakiza," diye bağırdı. Saçlarını aceleyle topladı dışarı fırladı. Önüne çıkan hörgüçlü ineğe sunturlu bir selam verdi ve onu rahatsız etmemek için etrafından dolandı. Arınmışlık simgesi olan ineğin bereket ve uğur getirdiğine, doğmuş ve doğacak olan her şeyin anası olduğuna inanıyordu çünkü. Ona göre İnek "toprak ana" ile de özdeşti ve o da toprak gibi karşılık beklemeden veren bir anaydı.

Lodi Parkı'nda her zaman buluştukları noktaya geldiğinde fazla beklemesi gerekmedi. Pakiza'nın hızlı hızlı ona doğru geldiğini gördü. Bakışları buluştuğunda heyecanla birbirlerine doğru koşmaya başladılar.

"Bu ne güzellik," dedi Sushmita, Pakiza'nın bordo renkli *kamiz şalvar*ına bakarak. "Bugün pek gelemezsin diye düşünüyordum. Yarın bayramınız var ya!"

Önlerine çıkan ilk banka oturdular. Pakiza keyifsiz gibiydi. Elindeki kesekağıdının içinden bir sandviç çıkararak Sushmita'ya uzattı.

"Paniirli," dedi. "İçinde senin yiyemeyeceğin bir şey yok.

"Ben karnımı doyurdum, sağ ol. Sen ye."

"Tamam. Namazdan sonraki ilk otobüse anca yetiştim. Kahvaltı yapacak vaktim olmadı. Aslına bakacak olursan, bugün evde kalmayı benim de canım pek çekmedi. Dışarı çıkmak için bir bahane arayıp duruyordum."

"Neden ki?"

"Haydar'la göz göze gelmek canımı sıkıyor."

"Haydar mı? O da kim?"

Pakiza yanıt vermek yerine sandviçinden bir ısırık aldı. Sonunda arkadaşının sorgulayan bakışlarına yenik düştü.

"Kim olacak? Yarın kesilecek olan koyun!"

"Ah!"

"Kapkara gözleriyle o kadar tatlı ki... Koyun tüccarının Haydar isimli çırağı getirdi. O yüzden Haydar ismini taktım ona. Boynuna hemen bir ip geçirip bahçedeki ağaçlardan birinin gövdesine bağladılar."

Uzun bir sessizlik oldu.

"Babam Haydar'ın etini fakir fukaraya dağıtırsak başımızın gözümüzün sadakası olacak, evimize bereket gelecek diyor."

Sushmita bir an düşündü. Sabahki *puja*sında o da bilgi ve hikmet üstadı olan ve engelleri kaldırdığına inanılan Ganeş'in kocaman göbeğini sandal ağacı macunuyla ovarken, bu tanrıdan dileklerde bulunmamış ve sunular sunmamış mıydı?

"Ben de sabah *puja*mı yaparken Ganesh'in *murti*sinin önünde bazı dileklerde bulundum," dedi.

"Biliyorsun... Hani, Gopal'le..."

Aslında onlar da Tanrı'nın her yerde ve her şeyde olduğuna inanmıyorlar mıydı? Bu sabah dualar ettiği Ganeş de sonuçta yüce tanrı Brahman'ın milyonlarca tezahüründen sadece bir tanesi değil miydi? O zaman, arada Ganeş olmasa dahi Brahman'ın ona yaptığı duaları duymaması mümkün olabilir miydi? Hem belki de dualar arada bir aracı olmadan yüce ruhun kulaklarına daha da süratle gidebilirdi.

"Biliyorum," dedi Pakiza. "Senin durumun da zor ama şimdiye kadar hiçbir hayvan beni Haydar kadar etkilemedi. Yüzü gözlerimin önünden gitmiyor. Yarın sabah gideceği kesin! En iyisi ben her şey olup biterken ortalıkta olmayayım."

"Öyle yapman Haydar'ın akıbetini değiştirmez ki! Başka bir yol bulmalıyız!"

"Doğru. Tek bir yol var. Bu gece ikimiz de bildiğimiz tüm duaları edelim. Elimizden başka ne gelir ki? Bir koyunun hayatını bağışlaması için Allah'a dua edeceğim hiç aklıma gelmemişti." Pakiza sandviçini yeniden kesekağıdının içine koydu.

"Sen ne durumdasın?" diye sordu Sushmita'ya. "Bir gelişme var mı?"

"Yok, nasıl olsun ki? Ailesi şimdiden kız aramaya başlamış Gopal için. Eşin dostun kızları arasında horoskop araştırması yapıyorlarmış. Olmazsa gazeteye ilan vereceklermiş. Of! Ganeş tüm engelleri kaldırsa bile ikimizin burçları uyuşmuyor. Bizim durumumuz Haydar'ınkinden de ümitsiz!"

İki kız kendilerini tutamayıp sinirli sinirli gülmeye başladılar.

Sushmita birden ayağa kalktı. "Buradan birer *kulfi* yemeden ayrılmayacağız, değil mi? Parkın içindeki tatlıcıda *gajar helva* bile var. Biraz ağzımızı tatlandırmış oluruz."

"İyi olur," dedi Pakiza. "Tatlı dedin de aklıma geldi. Bayram tatlısını benim yapmamı istedi annem. Çok gecikmesem iyi olur."

Tatlıcı dükkanına gidip bahçedeki masalardan birine geçtiler.

"Aslında insanın tanrısına sunularını yaparken kibrini,

bencilliğini, aşırı arzularını ve içindeki kötü duyguları kurban edebilmesi ne kadar iyi olurdu, öyle değil mi?"

Pakiza *kulfi*sinden bir kaşık alırken, "Neyse, *meri can*," dedi. "Ne kadar konuşsak, bu işin içinden çıkamayız. Haydar gidici... Senin de Gopal'le evlenmen mümkün değil. Sabaha kadar kafa patlatsak da bunlara çare bulamayız. Hadi gidelim artık. Bayram tatlısı beni bekliyor."

"Tamam, ben de yavaş yavaş yürüyeyim eve doğru. Gopal'i tekrar nasıl görebilirim diye bir düşüneyim bakalım. Evdekiler pirelenmeye başladılar bile..."

İki kız kucaklaşıp vedalaştılar. Pakiza bir süre hızlı adımlarla yürümekte olan arkadaşının arkasından baktı. Nicedir yeni bir cep telefonu için para biriktiriyordu. Haydar geldi gözlerinin önüne... İpini arkasından sürükleyerek tarlaların içinde özgürce dolaşıyordu... Gece yarısı bahçeye iner ve ipini bir güzel keserdi. Erkek kardeşi de bu telefon karşılığında Haydar'ı güvenli bir yere pekâlâ götürebilirdi. Eliyle ağzını kapatarak gülmeye başladı. Yanından geçenler durup ona bakmaya başladılar.

Pakiza meraklı bakışlardan kurtulmak için adımlarını hızlandırdı ama anayola çıkmadan önce bir kez daha Sushmita'ya bakmadan edemedi. İplerini koparmayı o da düşünmeliydi. Ağaçların arasından süzülen bir *apsara* gibiydi Sushmita. Sanki uçuyordu... Eylül güneşinin öpücükler bıraktığı simsiyah saçları ve yeşil sarisi bir süre sonra görünmez olunca içine derin bir nefes çekti. Yine Haydar geldi gözlerinin önüne... Allah'ın onu affedeceğinden emindi.

Bayram tatlısı için *jalebi* yapmayı planlamıştı ama daha önce erkek kardeşi Hüseyin'e bu yeni tip cep telefonlarının marifetlerini bir güzel anlatmalıydı.

***

Apsara: Hint mitolojisindeki su perileri

Vivaha: Hinduların son derede görsel olan düğün törenleri

Puja: Hinduların günün belirli saatlerinde inandıkları tanrılarının heykeli önünde yaptıkları ibadet

Jamadarni: Süpürgeci; temizlikçi

Şudra: Hindistan'daki kast sisteminin en alt sınıfını oluşturan grup

Namaste: Hindistan'da selamlaşmak için kullanılan sözcük

Murti: Hindu inanışlarına göre Tanrı'yı temsil eden heykelcik

Sari: Hindu kadınların geleneksel giysileri

Ahimsa: Hindu dininde her türlü şiddeti reddetmek anlamına gelen bir sözcük

Nimbupani: Limonata

Dahi ki lassi: Tatlı ayran

Kamiz şalvar: Hindistan'daki Müslüman kadınların giydiği pantolon ve gömlek

Paniir: Peynir

Kulfi: Dondurma

Gajar helva: Havuç tatlısı

Meri can: Canım benim

Jalebi: Yağda kızartılarak yapılan şuruplu bir hamur tatlısı

CEMİL USLU

BENİM DOSTLARIM

O yıllarda evim yoktu. Parklara, parklardaki kuytu köşelere sığınıyordum. Bazen bir merdiven altına ya da artık kullanılmayan bir alt geçide...

Annem beni, 23 Ocak 1975 tarihinde –soğuk bir kış günü- Fatih Camisi'ne bırakmış. Eski takvimlere bakarak bulmuştum, günlerden perşembeymiş. Camide öğle namazı kılınmak üzereymiş veya kılınmaktaymış kim bilir? Anlayacağınız annem beni bıraktığında üzerimde çatı yokmuş. Uçsuz bucaksız bir gökyüzünü seyreden sekiz aylık ben. Bırakıldığımda ne düşündüğümü anımsamıyorum, belki de annemin tekrar beni kucağına almasını bekliyordum. Kimliğim olmadığı için yaşımı kestirememişler. Hastane doktorunun verdiği ölçü resmî olarak kabul edilip kayıtlara alınmış. Sekiz aylık bir bebek olarak o camii avlusunda dayandığıma göre, yetişkin halimle bütün soğuklara dayanmam mı gerekiyordu? Bilmiyorum.

Caminin imamı ve camiye gelen cemaat beni bulduklarında muhtemelen annemi görmemişlerdir diye düşünüyorum. Sonuçta görseler, belki de "Hanım bırakma!

Çocuğunu niye bırakıyorsun?" derlerdi.

Fatih Karakolu'na teslim edilmişim. Polisler şaşırmışlar mıdır onu da bilmiyorum. En azından bazılarının terk edilmiş bebeklere karşı merhamet edeceklerine eminim.

Prosedür belliymiş. Önce karakol, sonra hastane, sonrası yetiştirme yurtları.

Bu dünyada hiçbir şey sahipsiz değilmiş, anasız babasız çocukların sahibi de devletmiş. Ben de devletin o çocuklarından biri olmuştum. Beni terk eden ailemi bilmiyordum ama devlet ana vardı. Hep düşünmüşümdür devlet ana annemin yerini tutmuş mudur? Annemle tanışıklığım çok kısa sürdüğü için buna cevap veremedim. Ama kime sorduysam müstehzi bir gülümsemeyle, "Ailenin yerini asla devlet tutamaz!" dediler. Hepsi de bundan çok emindi. Fakat ben de şundan eminim: Devlet ana, sahipsizlikten bin kez daha iyiydi. Çünkü ben 18 yaşından sonra tamamen sahipsiz kaldım.

Benim sokak hayatım yurtlardan sonra başlamıştı. Sokağa bırakan annemden beni devralan devlet, bana on sekiz yıl baktıktan sonra, "Artık sen bir yetişkinsin.

Başının çaresine bak!" diyerek tam da annemin yaptığı gibi elini benden çekti.

"Yasalar böyle," dediler.

Gidecek yerim yoktu. Buharlaşmadığıma göre kendime yer bulmalıydım. Çok çabaladım ama sokaklardan, parklardan, köprü altlarından başka bir yer bulamadım.

Sokakta yatan insanlar sistemin dışına atılıyordu. Mesela kimse iş vermek istemez. Hem kimsesiz hem adresi olmayan birine kim güvenebilir ki? Yetiştirme yurtlarından ayrılan çocukların hepsi sokakta yatar desem haksızlık etmiş olurum. Bazılarımız cabbardır, bakmışsınız çulu sudan çıkarmış. Onları gördükçe benim de umudum artıyor, dört elle sarılıyordum ama o çul sudan çıkmıyordu. Buna biraz da ayağımın engelli olması neden oldu.

Ama bir yol vardı. Mesela yetiştirme yurtlarından çıkan gençleri, benim gibileri dahi, kapıda bekleyen, kırmızı halılarla buyur eden çeteler vardı. Çek senet mafyasından tutun da uyuşturucu tacirlerine kadar. O işleri duyar duymaz reddettim. Bana göre değildi. O çetelerin elinde ölen arkadaşlarımızı duymuştuk.

Varsın mekânım sokaklar olsun. Çoluğa çocuğa uyuşturucu satarak karnımı doyuracaksam açlıktan öleyim daha iyi.

Neyse işte. İşiniz yoksa ve sokakta yaşıyorsanız çöp tenekelerini de ziyaret ediyor olmalısınız. Çöp tenekeleri önce sizi iğrendirse de açlık her zaman ağır basar. Bulduğunuz sebzeleri meyveleri yıkarsınız, su bulabilirseniz tabii. Kuru ekmekleri ıslatırsınız, yersiniz yani. Çöpten beslenmeye alışırsınız.

İşte böyle çöp karıştırdığım bir gün arkamda bir nefes duydum. Döndüm masum bir yüz. Gri benekleri var sırtında. Gülümsedim. Kuyruğunu salladı. Hah, dedim; nihayet biri bana dostça yaklaştı.

Başını okşadım. Hemen sokuldu yanıma. "Hemşerim senin adın Duman olsun." dedim. Gık demedi, kabul etti.

O, Duman; ben, Cemil artık beraberiz. Sadece hayatı değil bulduğumuz ekmeği de paylaşır olduk. Günler geçiyor. Böyle Duman'la dolaşırken bir gün çocukların eziyet ettiği siyah bir köpek gördük. Biz ellerinden almasak neredeyse öldürecekler.

Duman mı çağırdı, o mu geldi bilmiyorum. O gün peşimizden ayrılmadı.

Kendi kendime iyi dedim, Duman yalnızlıktan kurtuldu. Sonra dönüp "Senin adın da Karabaş olsun." diyerek yürüdüm. Onlar çok mutlu, benim yalnızlığım biraz daha azalmış oldu. Sanki karın tokluğuna iki bekçim olmuştu. Ben parkta kâğıt kutuların içinde yatarken onlar beni bekliyor. Yalnızken gözümü kapatmaya korkar, daha çok gündüzleri uyurdum. Ama Duman'la Karabaş'la birlikteyken geceleri rahat rahat uyuyordum artık. Hele hava da soğuk değilse keyfimiz nasıl da yerinde olurdu.

Üçümüzün de en büyük sorunu para ödemeden bulabileceğimiz yemek.

Gece gündüz birbirimizden ayrılmıyoruz. Ben onları koruyup kolluyorum, onlar beni koruyup kolluyor. Kendimi bir nevi çete reisi gibi hissetmeye başlamıştım. Yine böyle bir gün gezerken yol kenarında ağlayan bir köpek gördük. Yanına yaklaştık. Araba çarpmıştı. Arka bacağı kanıyordu. Duman hemen yalamaya başladı. O kadar acı çekiyordu ki içim ezildi. Allah'tan kırık değildi. Sadece ezilmiş.

Yarasını temizleyip merhem sürdüm.

O da Duman ve Karabaş gibi hemen peşimize düşmüştü. Yürümekte zorlanmasına, acı çekmesine rağmen bizi kaybetmemek için seke seke peşimizden geliyordu. Bir süre kucağımda taşıdım. O gün düşündüm. Bu dünyada sadece insanların değil, köpeklerin de dosta ihtiyacı vardı. Onun adını da Dost koydum. Artık dörtlü olmuştuk. Dört kafadar gibiydik. Zaman zaman onlarla sohbet ettiğim bile oluyordu. Hâlâ aklıma geldikçe duygulanırım. Beni onlar kadar ilgiyle dinleyen kaç dostum oldu ki?

Sokakta yaşayan insanın üstü başı zaman içinde paçavraya döner. Yıkanmadığı için de kokar. Bütün sokak insanları kokar. Bu yüzden paranız olsa bile girdiğiniz dükkânlarda horlanırsınız. Paranızla bile alışveriş yapmanız zordur. Sizi potansiyel hırsız olarak görürler. Sanki bütün hırsızların üstü başı perişanmış, kirliymiş gibi.

Bazen kasaplara yaklaşıp kapıdan çekinerek kemik sorardım. "Köpeklerim için!" dediğimde, çoğu küfürle karşılık verirdi:

"Sen doydun da köpeklerin mi kaldı ulan?.."

Beklerdik. Büyük kasaplar kemikleri çöp tenekelerine atdıklarında koşar köpeklerim için çöp kutusundan geriye çıkarırdım. Onlar doyunca kendimi daha iyi hissederdim. Hepimiz tok olduğumuzda garip, buruk bir neşemiz olurdu.

Hayat bir süre sonra onları da elimden aldı. Duman'ı, Karabaş'ı ve Dost'u hiç unutmadım. Geçmişimdeki en sadık dostlarım onlardı.

SİBEL UNUR ÖZDEMİR

SARIKIZ

Gecenin karanlığında ilerliyorduk. Gideceğimiz şehre bir an önce varmak için içimden gaza basmak geliyordu. Öte yandan bir ses süratin felaket olduğunu haykırıyor ve ayağım gaz pedalına hafifçe dokunuyordu. Yanımdaki arkadaşım uyukluyordu. Haklıydı da, zaman ilerlemişti. Bu iş gezileri zevkli gibi gözükse de omuzlara yüklediği sorumluluk çok ağır. Sabah fuar alanına varıp öğlene kadar standı kurmamız gerek.

Aman Allah'ım o da ne! Bir inek bu! Direksiyonu sağa kırıyorum olmuyor, sola kırıyorum olmuyor. İnek istifini bozmadan ağır ağır yürüyor. Ben kaptırmış gidiyorum gecenin sessizliğinde. Bu hayvanın ne işi var otobanda? Sahibi nasıl bu kadar sorumsuz davranıp hayvanı salıvermiş gecenin bu vakti. Hayvan nerede olduğunu bilmez ki. Burası neresi, o nerede? Zavallı hayvan.

Hayvana ve bize zarar vermeden olası bir kazayı önlemeye çalışsam da bu mümkün olmuyor. Maalesef ineğe çarpıyorum. Çarpmamla birlikte araba sağa savruluyor. İnek oracığa yığılıyor. Sarsılıyoruz hâliyle. Arkadaşım can havliyle gözlerini aralıyor. Allah'tan emniyet kemerlerimiz takılı. Ne oldu diyor sersemliğini üzerinden atmaya çalışırken. Elimle işaret ediyorum ineği. Bir yandan da kemeri söküp aşağıya inmeye çabalıyorum. Arkadaşım da iniyor. Birbirimize bir şeyimiz olup olmadığını soruyoruz. Çok şükür iyiyiz. İneğe yaklaşıyoruz. Onun durumu iyi gözükmüyor.

Arkadaşım "153'ü arayalım" diyor.

"O da ne?" diye soruyorum.

"Hayvanlar için ücretsiz ambulans servisi."

"Hemen arayalım," dememe kalmadan karanlık içinden iri yarı, göbekli, kasketli bir adam beliriyor.

İneğe yaklaşıyor. Yanına çöküyor ve dövünmeye başlıyor.

"Ah Sarıkız, vah Sarıkız!" "Sizin mi inek?" diye soruyorum.

Cevap vermiyor.

"Şimdi kim sütüyle besleyecek bizim bebeleri. Görüyor musun başıma gelenleri." dedikten sonra bir hışımla ayağa kalkıyor ve "Siz, siz öldürdünüz onu" diye haykırıyor.

"İnek yaşıyor" diyebiliyorum güçlükle.

"Katiller. Hayvan katilleri. Sarıkız'ın katilleri" diye bağırıyor.

"Biz katil değiliz. Otobanda seyir halindeyken… Sizin ineğin ne işi vardı caddede?"

"Hayvan bu elini ayağını bağlayacak hâlim yok ya… Siz dikkat edecektiniz."

"İyi de burası otoban."

"Bana ne otobansa. Ben Sarıkız'ı isterim."

"Bakın bize de bir şey olabilirdi. Allah'tan çok hızlı gitmiyorduk."

"Bana ne sizden. Ben ineğimi isterim."

"İneğiniz... Biz de siz gelmeden 153'ü arayıp yardım isteyecektik ineğin tedavisi için."

"İneğin tedavisi mi?"

"Evet."

"İstemem. Artık bana ondan hayır gelmez."

"Ağzı söylemiyor, dili söylemiyor. Acı çekiyor. Ne yani bu hâlde hayvanı ölüme mi terk edeceğiz."

"Benim için öldü" diyerek daha da doğruldu adam.

"Şimdi paramı verin de gideyim."

"Ne parası!"

"Yeni bir inek almak için para. Anlayacağınız Sarıkız'ın ederini ödeyeceksiniz bana."

"Ne! Bu olacak şey değil." diyerek arkadaşıma döndüm ve 153'ü aramasını söyledim.

"Ararsanız arayın. Ambulansın gelip gelmemesi beni ilgilendirmez. Ben paramı isterim."

"Sen ne acımasız bir insansın. Sarıkız deyip duruyorsun ama onun iyileşmesini istemiyorsun. Tutturmuşsun para diye. İneğin hiç mi kıymeti yok. O da can taşıyor. Acı çekiyor görmüyor musun? Senin hayvanın ama senden çok bizim yüreğimiz yanıyor ve ona yardım etmek için çabalıyoruz."

"Siz çabalamaya devam edin. Artık ondan hayır gelmez bana. Paramı verin de gideyim.

Sarıkız gider, Akkız gelir. Para olduktan sonra bana inek mi yok."

Arkadaşıma döndüm çaresizce. Bakıştık.

O sırada ambulans geldi. Sarıkız'a ilk müdahaleyi yaptıktan sonra ambulansa aldılar.

Oradan ayrılmadan önce telefon numaralarını aldık. Vakit geçirmeden kliniğe doğru yola çıktılar.

Kilitlenen trafik bir anda açıldı.

Adam yanında gitmedi. Sahipsiz bıraktı Sarıkız'ı.

Çok üzgündük.

Arkadaşım "Aklıma bir şey geldi" dedi parıldayan gözleriyle.

"Nedir?" diye sordum bakışlarımla.

"Hatırlıyor musun kurban pazarından kaçan ve yüzerek sahile ulaşan boğayı?"

"Ferdinand'tan bahsediyorsun sen."

"Ta kendisi. Diyorum ki Ahbap Platformuna haber versek... Durumu anlatsak... Belki Ferdinand'ı götürdükleri gibi Sarıkız'ı da barınağa götürürler. Orada sakince, huzurla yaşamına devam eder."

"Bu niye daha önce aklımıza gelmedi" diyerek hayıflandım. İnternetten Ahbap Platformuna nasıl ulaşabileceğimizi araştırdım. Aradım, durumu anlattım Sarıkız'ın sahibinin şaşkın bakışları arasında. Bu iş tamamdı.

Arkadaşımla gülümsedik birbirimize. Sarıkız nihayet özgürlüğüne kavuşacaktı.

"Eeee... Benim paramı kim ödeyecek?" diye sordu arsızca adam.

Biz, arabanın şirket arabası olduğunu, bizlerin sadece çalışan olduğunu, konuyu patronumuza ileteceğimizi söyleyerek aracımıza bindik. Binmeden önce de kartvizitimizi adama verdik. Biliyorduk ne yapıp ne edip yeni ineğin parasını bizden alacaktı.

Peki ya bizim arabanın içine göçen ön tarafı. Onun hasarını kim karşılayacaktı? Neyse ki araç kaskoluydu.

Adam, param da param, diye tutturmuştu ama ineğine sahip çıkmayarak hem Sarıkız'ın hayatını tehlikeye atan hem de başımıza iş açan kendisinden başkası değildi. Sorumsuzluğunun bedelini bize ödetecekti. Yazık ki böyle duyarsız insanlar var oldukça toplum olarak bizim canımız daha çok yanacaktı.

Tan ağarmaya başlamıştı. Zor da olsa fuar alanına varmak üzereydik.

Aklımız Sarıkız'da kalmıştı. Dualarımız bir an önce iyileşip ayağa kalkması içindi. Dileğimiz, insan da olsa hayvan da olsa -canlı olduktan sonra- yollarımızı iyi yürekli insanlara çıkarmasıydı Allah'ın.

ZEYNEP ALANÇ

KARAKULAK YAVRUSUNUN İNSANLA TANIŞMASI

Onu ilk kez anestezinin etkisi altındayken gördüm. Pespembe dili dişlerinin arasından sarkmış; yarı örtük göz kapaklarının arasından görünen göz bebekleri, renkli cam pırıltısıyla bir noktaya sabitlenmişti. O hâliyle bile çok güzeldi. Güzel ve vakur! Yanına diz çöktüm. Hafifçe başını okşadım. Ne bir kıpırtı ne bir refleks...

Soluk alıp verdiği bile zor anlaşılıyordu. Başında beklemekte olan Doğa Koruma ve Millî Parklar Genel Müdürlüğü veterinerlerinden Ahmet Bey'le yavru karakulağı altı gündür çiftliğinde konuk eden Recep Şahbaz'a baktım. İkisinin de rengi kül gibiydi. İkisi de tedirgin ve gergindi. Recep Bey, aylardır çiftlik arazisine gündüzleri bile rahatlıkla gelip güvercinleriyle karınlarını doyuran, su ihtiyaçlarını gideren karakulak ailesinin fotoğraflarını çekip ilgilileri haberdar ettiği için; Ahmet Bey, hiçbir ön inceleme imkânı olmadan uyuşturucu dozunu yavrunun tahminî ağırlığına göre ayarlamak mecburiyetinde kaldığı için suçluluk hissediyordu. İkisi de bu şahane karakulak yavrusu, narkozdan çıkamayıp ölürse onun ölümüne kendileri sebep olacaklarmış gibi kendi kendilerini yiyorlardı.

İlk atılan iğne 7-8 kg olduğu tahmin edilen yavrunun kuyruğuna denk geldiğinden ancak ikinci iğne ile uyutulabilmişti. Ahmet Bey'in anlattıkları, bana vahşi hayvanlar üzerinde yapılan bilimsel araştırmaların hayvan açısından ne kadar riskli olduğunu düşündürttü. Dizlerimin dibinde baygın yatan bu yavru ya beş kilogramsa?.. Ya doğuştan kalbi zayıfsa?.. Eğer öyleyse ölüm onun için kaçınılmaz olacaktı. Usulca başını okşarken *"Karakulak!.. Ne olur ölme..."* diye fısıldadım kulağına. *"Allah'ım yalvarırım ölmesin..."* Hemen arkamda yavrunun fotoğraflarını çekmekte olan Türkiye Tabiatını Koruma Derneği üyesi Serap Hanım'ın da aynı temenniyi paylaştığını fark ettim.

Sayı olarak tükenme noktasında bulunan kedigiller (*felidae*) ailesinden, bilimsel literatüre Türkçeden geçmiş, Latince adıyla "Caracalcaracal", tarih sahnesine çıktığı adıyla "karakulak"ın Akdeniz ve Ege Bölgesi'nde var oldukları biliniyordu. Ama birkaç yıl önce Datça - Marmaris kara yolunda trafik kazası sonucu ölü olarak bulunan sayılmazsa karakulak ilk kez kendini gösteriyordu Datça'da. Fotoğrafı bile Türkiye'de ilk olarak 1997 yılında Antalya Güllük Dağı Millî Parkı'ndaki doğal ortamında fotokapanla elde edilebilmişti. Uzunca bir aradan sonra 2010'da Termessos ve Düzlerçamı Millî Parkı'nda olmak üzere bilimsel araştırmalar sırasında sadece üç kere fotokapanlarla görüntülenebilmişti karakulak.

Dokunup okşadığımız bu yavru, araştırmacıların karşılaşabilmek için aylar hatta yıllarca uğraş verdikleri, dünyada nesli tükenmekte olan 120 memeli türünden biri olan bir ailenin üyesiydi. Genleri bankalarda saklanıyor, varlığını devam ettirebilmesi için maddi manevi önlemler alınıyor, hakkında yıllarca süren bilimsel araştırmalar yapılıyordu. Recep Bey'in çiftliğinde karakulak görüldüğünü öğrenir öğrenmez koşup gelen Doğa Koruma ve Millî Parklar Genel Müdürlüğü görevlileri, yavru karakulaktan kan ve doku örneği alan veteriner ve bildiğim kadarıyla ülkemizde bir karakulağın insan eliyle ilk kez fotoğrafını çeken Recep Bey, bu araştırmalara katkıda bulunurken Hızırşah köyünden Mesut'la ben bu serüvene tanıklık edebildiğimiz için ne kadar şanslıydık.

Adından, tespit edilebilen genetik özelliklerine kadar her şeyi ile Türk olan; Orta Asya steplerinden Anadolu'ya, Orta Doğu'dan Afrika'ya kadar tarih boyunca Türklerin ayak bastıkları her coğrafyada onları adım adım izleyen bu vahşi kedi türünün nadir örneklerinden biri olan yavru karakulağın ayılmasını umut ederek beklerken onu meskûn bir çiftliğe hem de gündüz vakti getiren sebepleri düşündük. Birkaç hafta önce Sındı köyü çevresindeki orman yangını sırasında tahrip olan alanlardan gelmiş olabilecekleri savına karşılık Recep Bey, uzun süre vaşak zannettiği üç farklı karakulağın yaklaşık bir yıldır çiftliğinden beslendiklerini; çok seri, çevik ve süratli oldukları için yanlarına yaklaşamadığını söylüyordu.

Nereden gelirlerse gelsinler, geliş nedenleri açlıktı ve bunun sorumlusu bizdik. Onların doğal yaşam alanlarını tahrip ve yok eden biz insanlar! Recep Bey, yavrunun kulağından doku örneği alınırken oluşan sıyrığın mikrop kaparak yaraya dönüşebileceği; sinek, karınca ve kurtçukların yaraya üşüşerek hayvana eziyet çektireceği düşüncesiyle huzursuzdu. Görevlilerden biri, sıyrığa sürülen ilacın öyle bir şeye nasıl meydan vermeyeceğini anlatırken Hızırşahlı Mesut'un "gözünü oynattı" müjdesiyle hepimiz rahat bir nefes aldık. Nihayet hayata dönmüştü yavru karakulak.

Tekrar yanına gittiğimizde karakulaktan önce Veteriner Ahmet Bey dikkatimi çekti. Saatlerdir bembeyaz olan yüzüne renk gelmiş, bakışları canlanmış, sanki omuzlarından büyük bir yük kalkmış gibi rahatlamıştı. O anda canlılar arasında "insan" adı altında genel bir sınıflandırma yapmanın ne kadar yanlış olduğu geçti içimden. Neredeyse bütün hayatını hayvanları korumaya, yaşatmaya adayanlarla zevk için serçeyi bile öldürebilenler; hiçbir şey yapmasa da canlılara zarar vermeyenlerle bir kedi yavrusuna bile işkence edebilenler nasıl aynı türe mensup olabilirdi ki?

Eline silahı alıp "spor yapmak" gerekçesi altına sığınarak kendisine hiçbir zararı dokunmayan bir hayvanı öldürenle biz dışarda sohbet ederken karakulak yavrusunun başından bir an bile ayrılmamış olan veteriner Ahmet Bey'i aynı sınıflandırma içine sokmak ve ikisini de "insan" olarak görmek mümkün müydü?

Aslında bir canlının ölümle yaşam arasındaki çizgisini belirlemek... Ne ağır sorumluluk. Yavruyu gördüğüm ilk andaki sorularımda (*hayvanın kilosu, uyuşturucunun dozu vb.*) onu suçlayıcı bir ima hissetmiş olabileceği düşüncesiyle Ahmet Bey'den özür dileyerek hâlâ narkozun etkisi altındaki yavrunun yanına çöktüm. Bu kez elimi hissetti. Başını hafifçe kaldırdı, sevgi sözcüklerimi anlamış gibi yüzüme baktı. Uçları siyah püsküllü uzun ve dimdik kulakları, iri ve çekik gözleri ile o kadar güzeldi ki... Hele bakışları... Güçsüzlüğünü, çaresizliğini kabullenememekten kaynaklanan bir hüzün vardı o bakışlarda. Bir o kadar da onur. Düşüncelerini okuyormuş, duygularını anlıyormuş gibi bakıyordu insana. Ancak 10-15 saniye dik tutabildiği başı tekrar düştü yere. Onu usul usul okşarken vahşi doğa belgesellerinde izlediğim bütün hayvanlar bir bir geçti gözlerimin önünden. Leopardan çitaya kedigiller ailesinin bütün üyeleri... Büyük, küçük memeliler... Hiçbirinin gözlerinde bu yavru karakulağın gözlerinde gördüğüm anlamı görmemiştim. *"Allah'ım, bu gerçekten çok özel bir hayvan olmalı..."* diye geçirdim içimden. *"Doğada kutsal bir görevle yükümlü kıldığın bir canlı..."*

Ayaklandıktan sonra dört beş metrekarelik güvercin kümesinde yalpalayarak dolaşırken bizi görünce hemen saklanacak bir yer aradı. Bu odada geçirdiği altı gün boyunca kendini gizlediği ahşap çatıyla duvar arasındaki girintiye sıçramaya çalıştı.

Hâlâ narkozun etkisinden tam olarak kurtulamadığı için başaramadı. Bir an durup küskün küskün baktıktan sonra yeni bir hamle yaptı. Yine olmadı. Recep Bey: "*Sakin ol kızım, kimse sana bir kötülük yapmayacak. Kendine geldikten sonra serbest bırakacağım seni*" diye kendisiyle konuşurken anlam yüklü gözlerini ona dikip dinliyor, onun omuzları üzerinden Serap Hanım'la beni görünce tekrar kaçmaya çabalıyordu. Şaşkındı, yorgundu. Yaşadığı deneyimin ne olduğunu anlamaya çalışıyordu belki. Bir an önce annesinin, kardeşinin yanına gidip ağaçların, çalıların arasında koşuşturmak, havalanmış bir kuşu bir sıçrayışta yakalamak özlemi içinde olduğunu da söyleyebilirdim ama bunlar varsayımdan öteye geçemezdi. Yalnız kesin olan bir şey vardı: özgürlüğüne kavuşmak istediği. Ve ertesi sabah bu isteğine kavuştu. Ben bu satırları yazarken o belki de annesi, babası, kardeşleriyle ekolojik dengenin vazgeçilmez unsurlarından biri olarak üstlenmiş olduğu görevi yerine getiriyordur. Yaşadığı deneyimi hatırlıyor mu, bilemiyorum. Ama ben onunla geçirdiğim birkaç saati hep hatırlayacağım. Ve bir de temenni: Yaşam alanları tahrip edilerek, avlanılarak, zararlı mücadelesi adı altında doğaya zehir saçılarak insan dışındaki canlılar ve karakulaklar YOK EDİLMESİN!

AYCAN SARAÇOĞLU

ALTIN TOP

Sıcak bir haziran ayında Kıbrıs'tan Londra'ya göç ediyorduk. Yıl 1999. Geride sadece doğduğumuz toprağı değil, sevdiklerimizi de bırakıyorduk. Akrabalarımız, dostlarımız, evimiz ve Kont. İskoç çoban köpeğimiz Kont'u bir aile dostumuza emanet etmiştik.

İçimizi acıtan bir vedalaşmadan sonra yola çıktık.

Oğlum uçakta pencereden aşağıyı seyrederken yaşlı gözlerle bana dönüp çocuk hayaline yakışır bir soru sordu: "Anne upuzun bir ip olsaydı. Kont'a bağlasaydık bir ucunu. Uçağın peşinden koşarak bizimle gelemez miydi?"

Bizler için çok da bilinmeyen yeni bir hayata doğru uçuyorduk. Londra'ya yerleştikten sonra Kont'u unutamamıştık. Sık sık arayıp soruyordum. İyi bakıldığından emin olmak hepimizi rahatlatıyordu. Kont yeni ailesiyle çok çabuk kaynaşmıştı.

Yeni hayatımız, geride bıraktığımız hayatımızdan farklıydı. Kocaman bir şehirde her şey bambaşkaydı. Parklar, müzeler derken yeni yıl -milenyum- gelmişti. Her yılbaşında olduğu gibi çocukları karşıma alıp "Hediye olarak ne istiyorsunuz?" diye sormuştum. Belli ki soruya verecekleri cevabı önceden kararlaştırmışlardı. Hiç beklemeden ikisi birden "Köpek!" dedi.

Babaları gülümseyerek yanıtlamıştı:

"Bahçeli evimiz olduğunda bakarız."

Ancak yıllar sonra bahçeli bir evimiz olmuştu. O evdeki ilk yılbaşımızı kutlayacaktık. Çocuklar babalarının verdiği sözü hatırlatmakta gecikmediler. Yeni bir köpek sözü yerine getirilmeliydi. İnternet'ten köpek araştırmaya başladık. Londra'ya iki buçuk saatlik bir mesafede golden retriever cinsi bir köpek alıcısını bekliyordu. Vakit geçirmeden yola çıktık. Görür görmez de almaya karar verdik. Çocukların sevinci ve heyecanı bizi de sarmıştı. Dördümüz de çok mutluyduk.

Evden çıkarken Ekin iyi giyinmemizi ısrarla istemiş, kendi seçtiği parfümleri üzerimize sıkmayı da ihmal etmemişti. İlk buluşma köpekler için çok önemliydi.

Adını "Golden" koymaya karar verdik.

Çocukluğumda yaşlı komşumuzdan dinlediğim bir masal beni çok etkilemişti:

"Bir köyde fakir ama çok mutlu bir çift ile zengin ama mutsuz bir komşuları yaşıyormuş. Zengin aile, fakir ailenin mutluluğuna akıl sır erdiremez; onları kıskanırlarmış. Bir gün kadın kocasına demiş ki: "Git sor bakayım şu adama, bunların mutluluk sırrı ne?"

Adam da merak ediyormuş zaten. Bir gün yakalayıp sormuş: "Komşu, gördüğüm kadarıyla siz yoksulsunuz. Ama yine de çok mutlusunuz. Nasıl oluyor bu?" Üstü başı dökülen adam gülmüş:

"Doğru" demiş. "Biz yarı aç, yarı tok yaşıyoruz ama çok şükür mutluyuz. Niye dersen, bir altın topumuz var. Her akşam onu birbirimize atıp dururuz. Açlığımızı bile unutturur bize."

Zengin adamda para çok ya eve doğru koşar adım giderken hemen bir altın top satın alıp cebine atmış.

Zengin adam, hanımına yoksul adamla konuşmalarını anlatmış. Sonra başlamışlar altın topu birbirlerine atıp tutmaya. Bir türlü mutlu olamıyorlarmış.

Adam dayanamamış gitmiş, tekrar yoksul adamın kapısını çalmış:

"Yahu komşu, söylediğin gibi bir altın top da ben aldım. Akşam karımla birbirimize atıp tuttuk. Ne o mutlu oldu ne ben. Siz nasıl beceriyorsunuz bunu?"

Yoksul adam yine gülmüş:

"Bizim bir yavrumuz var. Ya karımın kucağında ya benim. Öyle oynar dururuz. Altın top dediğim bizim çocuk. Mutluluğumuzun sırrı da o."

Ben Golden'ı işte o çocuğun yerine koymuştum. Evimizde iki tane altın topumuz vardı. Golden, üçüncü altın top olarak ailemize katılmıştı.

Bize geldiğinde henüz sekiz haftalıktı. Çok soğuk, karlı bir yılbaşına hazırlanıyorduk. Veterinere ilk gittiğimizde, "Aşıları tamamlanana kadar evde kalsın. Hava çok soğuk" demişlerdi.

Golden ailemizi tamamlamış gibiydi. O ailemizin beşinci üyesiydi. Krem renkli, mini mini ayaklı ve herkesin sevimli bulduğu bizim altın topumuzdu.

Bütün sempatisine rağmen büyüdükçe yaramazlıkları da oldu elbette. Telefon kablolarını ısırması, ayakkabılarımızı, halılarımızı kemirmesi, kapıdan bırakılan mektupları parçalaması zaman içinde eğitimle vazgeçtiği davranışlardı.

Büyüdükçe her şey daha güzel oluyordu. Her gün mutlaka park yürüyüşlerimiz oluyordu. Yaz geldiğinde evini bahçeye çıkarmıştık. O bunu hiç sevmedi. Galiba biz de onun evdeki varlığına fena alışmıştık. Bizimle mutlu olan, bizimle üzülen üçüncü çocuğumuz kış yaz bizimle olmalıydı.

Bize öyle uyum sağlamıştı ki biz ne yersek o da onu yiyor. Ev halkıyla aynı saatte yatıp aynı saatte kalkıyordu. Tam bir elma canavarıydı. Bize misafirliğe gelen arkadaşlarımız bile ona elma getiriyorlardı.

İşten eve yorgun geldiğim bir gün bir baktım, mektuplardan birinin zarfı parçalanmış. Kızdım gazete ile poposuna vurdum. Bir kenara çekildi, gözleri yere inmişti. Oysa artık böyle şey yapmıyordu. Daha sonra yerden mektupları toparladım, parçaladığına bir baktım ki ne göreyim! Zarfın üzerinde "Mr. Golden Saracoglu" yazıyordu ve veterinerden gelmişti. Üzüntüm ve gülüşüm birbirine karışmıştı. Golden'a sarılıp özür diledim ve mektubunu ona verdim. Aşı zamanı geldiği için hatırlatma yapmışlardı. Doktora anlattım bu durumu. Doktor bana mektupların veteriner kliniğinde yazılıp gönderilmesinden dolayı mektuplarda başka köpek kokularını aldığı için açtığını söyledi. Evimizin bu tatlı koca bebeği sara hastalığı olmasına rağmen bizlerle on iki yıl sevgi dolu, mutlu ve huzurlu yaşadı. Şimdi mutlaka bir köpek cennetinde olmalı.

ŞÜKRAN GÜNAY

ÖZGÜRLÜK

Ferdinand'ın macerasını ilk duyduğumda, beynimin gizemli odalarında ne kadar anı sakladığımı fark ettim.

Arenada dövüşmektense; tarlada, dağda, bayırda, çayırda çiçek koklamayı seven boğanın öyküsünde karnı tok ama gözü doymaz insanın yeryüzüne, doğaya ve elbette Ferdinand'a karşı gösterdiği hoyrat tutumu inkâr edebilir miyiz?

Boğa yarışlarını oldum olası hiç sevmedim. Çocukluğumda izlediğim deve güreşleri gibi. İkisi de tam bir kâbus. Öğretmenliğimin ilk yıllarında tanık olduğum horoz döğüşlerini seyrederken göğsüm ağrımıştı. Biz insanlar doğaya hâkim olmak konusunda ne kadar istekli, ne kadar kararlı, ne kadar becerikli ve ne kadar vicdansızdık.

Özgürlük… Hem de tüm canlılara… Yani özgür yaşamak ve yaşatmak… Bu cümleleri ne zaman duysam aklıma çocukluğum gelir. Sahi özgürlük bir çocuk için ne ifade edebilir ki? O yaşlarda böyle bir kavramdan habersiz olduğumuz gibi ihtiyaç da duymuyorduk. Kısıtlamalar kimin umurundaydı ki?

Kim bilir belki de ezildikçe, yara bere içinde kaldıkça, oyunlarımız yasaklandığında öz varlığımızı ve en temel gereksinimimizin özgürlük olduğunu fark etmiştik.

Evimiz, yemyeşil bir bahçenin ortasındaydı. Avlumuzda -o tarihlerde bahçeye avlu derlerdi- rengârenk çiçeklerimiz vardı. Kız çocuğu olmanın ayrıcalıklarını(!) yaşayarak büyüdüm. Avluyu süpürmek, sebzeleri sulamak, ev işlerinde anneye yardım etmek... "Abim neden aynı işleri yapmıyor?" diye sormak aklımın köşesinden bile geçmezdi. Öğrendiklerimiz bizi hayatın akışına teslim ediyordu. Haklarımızın gasp edildiğini fark etmeyecek kadar gözlerimiz kapalıydı.

Baba evinden koca evine geçişte de aynı kısıtlamalar sinsice yanımızda gelmişti.

Ya sonraları? Anne olduğumuzda? Aslında değişen bir şey yoktu. "Sen annesin, ne olursa olsun, evlatların, yuvan için kendinden vazgeçeceksin." diyen annelerimizin yetiştirdiği kadınlardık.

Hep hazıra konan ağabeyimin gözü yükseklerdeydi. Erkek olmanın sarhoşluğuyla havalarda uçuyordu. Hayatın gerçeklerine karşı koyamadı.

Sadece insanoğlu mu hayata borçluydu? Avlumuzda yaşayan kedi, fareleri kovalamak zorundaydı. Köpeğimizin bahçeye yabancıları sokmamak gibi adı konmamış bir görevi yok muydu? Hatta papağanımız. Aile bireylerinin adını ezberlemeseydi kıymeti olur muydu?

Bu hayat bir tiyatro sahnesi gibiydi. Havla köpek, koş kedi, konuş papağan, ev işlerini yap

Şükran...

Özgürlük neredeydi? Güneş doğup batması gibi bir şeydi özgürlük. Elimizle tutamadığımız hatta farkında olamadığımız elzem bir gerçeklik.

Küçük bir çocukken başımı kaldırıp uzun uzun gökyüzünü seyrettiğimi anımsıyorum. Masmavi gökyüzünde süzülen kuşlara özendiğimi... Küçücük bir avluda, küçücük bir çocuğun bulutlara erişmek istemesi gibi bir şeydi. Bir kez bile anneme açılamadığım duygularım...

O gökyüzünde süzülen güvercinler, kargalar kadar mutlu mudur koyunlar, keçiler, inekler, atlar, eşekler. Nasıl mutlu olsunlar ki? Her anını insan tarafından düzenlenen bir hayvan nasıl mutlu olabilir ki? Onlar bizim esirimiz...

Bazı anılar ne kadar da canımızı acıtabiliyor.

MÜNEVVER İZGİ

ÇIKSA SESİM

Gün dönüyor...

Hava ayaza kesmeye hazırlanıyor. Ağaçlarda yaprak da kalmadı; küçük parktaki kurumuş birkaç yaprak döne döne düşüyor sararmış çimenlerin üzerine. Rengârenk sarılar, kırmızılar, kahverengiler birbirine karışıyor.

İnceden inceye bir kar serpintisi pırıltılar eşliğinde sokağı dolanıp pencere kenarlarında, kapı önlerinde birikmeye başlıyor. Sokaklarda neşeli çocuk sesleri yok artık! Minik serçe cıvıltıları, gürültücü karga sesleri, güvercin gurklamaları da duyulmuyor. Nereye gitti bu kuşlar? Hepsi de göç etmedi ya! Ne yer ne içerler? Nerede barınırlar?

Kediler de tek tük... Yaz ne çabuk bitti!..

Üşüyor... Gidecek yeri yok! Meydandaki elektrik direğinin altında, ıslak burnunu yukarı kaldırıp pencerelere bakıyor. İnce bir hüzün geçiyor gözlerinden. O pencereler hiç onun olmadı ki! Ya kapılar? Hangisi bir kez olsun onun için açıldı? Bacalardan tüten sıcaklık neden aşağıya değil de gökyüzüne süzülür gider? Böyle bakınca başı dönüyor; korkuyor da. Gökyüzü engin bir boşluk!

Sığınacak yer yok, yiyecek yok! Su?.. Canından bezdiren çamur deryası yağmur sudan sayılır mı? Sırada daha da beteri var; donduran soğuk! Kıvrılıp uyuduğu ağaç dipleri de korumuyor onu. Kapı araları, kuytular... Nereye gitse kovuluyor. Onun yurdu neresi? Benim diyebileceği bir kovuğu bile yok! Açlık en kötüsü... Birazcık bir şeyler yiyebilse daha az üşür belki. Ara sıra ona yiyecek veren kadın da görünmüyor epeydir. Kasapların, yiyecek satan dükkânların önüne de yaklaştırmıyorlar. Sürekli itilip kakılmaktan, tekmelenmekten bir deri bir kemik bedeni yara bere içinde.

Karnının gurultusunu duymamaya çalışıyor. Kaç gündür aç! Yaklaşan bir araba sesiyle irkiliyor. Yanı başında duran kamyondan inen iki kişi ona doğru geliyor. Ayak sesleri yaklaştıkça yeni bir acının fısıltısı da yaklaşıyor sanki. Bıçak sızısında bir ayaz gibi kasılıyor sakat bacağı. İyi şeyler olmayacak; hissediyor! Kıpırdayamadan, uyuşmuş gibi yalnızca gözlerini dikip bakıyor gelenlere. Ne yapacaklarını anlamaya çalışıyor... Yiyecek getiriyor olamazlar... Yeni bir tekme mi?

Adamlar yaklaşıyor... Birden, ne olduğunu anlayamadan bir çuvalın içinde buluyor kendini. Çuval havalanıyor; metal bir yüzeye sertçe çarpan bir ses geçiyor bedeninden. Kırılan kemiklerinin acısı, çıkmayan çığlığını bastırıyor... Bir sıcaklık yayılıyor içine... Artık üşümeyecek!

"İnsanlar demiyorum; gökyüzü, parktaki ağaçlar, kapı önleri, sokak köşeleri... Duyun beni! Aç kaldım, susuz kaldım, iteklendim, kovalandım... İlmek ilmek söküldü ömrüm. Kaç acı, kaç çığlık, kaç yara bere geçti bedenimden. Duymadınız! Çok şey istemedim oysa. Yaşam alanlarınızı daraltmadım. Karnımın gurultusunu kesecek bir parça yemekti istediğim. Belki barınacak küçücük bir yer, birazcık sevgi...

Çocuklar duyar sandım...

Büyüdünüz, duymadınız!

Bunu size nasıl anlatabilirim?

Dünya yalnızca sizindi; sığamadınız! Beni yersiz yurtsuz, sevgisiz, yiyeceksiz bıraktınız; sesim çıkmadı! Görmediniz gözlerimi... Sevgiyi unuttunuz... Merhameti unuttunuz... Lafta kaldı her şey!

Unuttunuz 'insanca' diye öğündüğünüz her şeyi!

Ömrümü elimden aldınız.

Ömrünüze selam olsun!"

ATİYE GÜNER TÜMÜKLÜ

ÜÇ BOYUTLU RESİM (DARA)

1.

Güneş, Dünya kurulalı beri hep doğudan doğar. Yalnız tarihi dokusu, dilleri, dinleri, ırkları, örf ve gelenekleriyle eşine az rastlanan bu kente geldiğinde Mezopotamya Ovasına göz kırparaktan yükselir. Büyülü orta çağ mimarisinin kanat izlerini taşıyan kesme taşlardan yapılmış, yüzleri aynı yöne dönük evleriyle kadim kent Mardin'de yeni bir gün başlatır. Yola koyulmasına anlık bir bıyık bükümü kala, narçiçeğini bakırın kızılıyla birleştirip uyku mahmurluğunda olan kentin üzerine cömertçe eker. Zamanın gizemi içinde eriyecek bu sunuş sahnesinde bütün sabahçı kuşlar susar.

Bu sabah ayini içinde, çan ile ezan sesinin birbirini tamamlayan uhrevi havasını, kardeşçe, Aşağı Mezopotamya ovasının en uzak ucuna yollamak da vardır. İş çokluğuna, yol uzunluğuna eklenen sabırsızlıktan, serpilip palazlanmasını beklemez. Burası, yedi bin yıllık tarihin, güzel mi, güzel kızı, özel mi, özel bir yeri Mardin'dir. Burada yaşayan canlar, bir sabaha daha masal büyüsüyle yinelenen güzelliğe uyandı. Kanıksadıklarından sadece gözbebekleri titredi.

Uyanan canlardan biri de, genç bir adam. Adı: Selahattin. O ki mevsimlerin adı yerine renklerin bilindiği bu efsunla coğrafyanın yağız çocuğu. Öyle coğrafya ki, kış, taş üstünde kar. Yaz, dam üstünde acı sıcak sarı. Bahar, yağ yeşili. Güz her rengin kaynaştığı pastoral senfoni...

Ve bu coğrafyanın kumaşını, tarih sağlam dokumuş, taşa, okumuştur. İnsanını, sevgi saygıyı mayalamıştır. Canları, dışardan geleni önemser. Koruyup, gözetir. Açsa doyurulur. İşi varsa yapar. Ve insan, dediğinin de yaşadığı yere benzemesi sadece ozan dilinde, sazın telinde değil ki. Suyuna benzer, toprağına benzer. Esen yelinden, ağacına dalından kovanındaki balından aldıkları çok olur. Selahaddin de yaşadığı yerin ekmeğini yiyip suyunu içenlerden. Huyu huyuna, tüyü tüyüne... Erken uyandığı bu güzel nisan sabahında içi içine sığmıyordu Selahattin'in. Yürek dediğin herkesin yumruğu büyüklüğünde kapladığı yerden ne olur? İçine işsiz uzun günlerin yıl oturduğu kaygılı bekleyişi bittiği bu günde sevinçten büyüdü, büyüdü değirmentaşı olup göğüs kafesini zorladı. Bugüne bugün belediyenin, Temizlik İşleri Müdürlüğünün yazılı sözlü sınavda başarılı olup çöp toplayan temizlik işçisi olarak işi var. İşi küçümseyenler olurdu elbet ama o değil. Onun için önemli olan, yaptığını en iyi yapmaktır.

Aynı sabah, Selahattin gibi erken uyanan değil uyandırılan bir can daha var. Açık arttırmayla alınmış, dört yaşlarında, erkek boz bir eşek. İtile kakıla Salur'dan kamyona bindirildiğinde başına ne geleceğinden habersiz. Belediyenin sol böğründeki boşlukta bir başka canla yolları kesişip kaderlerinin birleşeceğini. Eşleşip yıllar sürecek iş arkadaşı, can yoldaşı, dostu olacakla tanışacağını. Ovanın sarı sıcaktan kavrulduğu aylarda abbaraların sevecen serinliğine, aydınlık loşluğuna sığınacaklarını... Sonrasında birbirini kıskanmadan çocuk neşesiyle bu kentin ayvanlarında soluklanacakları nereden aklına gelsin. Tek bildiği sırtına yine semer vurulup ya su taşıyacaktı ya da odun. Bu güne değin yaptığıydı.

Mardin, kadimdir, yahşi güzeldir ama dik, dar merdivenli sokaklarının olduğu kocaman bir sit alanıdır da. Yıkılıp yerine yenisi yapılmaz bu sokaklara, araç giremez. Artık bundan sonra oraya girip temizliğini yapacak, çöplerini toplayacak bir ikili vardır.

İnsan hayvan eşleşmesi, dahası Salurlu boz eşeğin Selahattin'e zimmetlenme işi yapıldığı belediyenin sol böğründeki boşlukta tek başına duran kiraz ağacı, baştan aşağıya pembe beyaz çiçekle donanmıştı. Tanışma öncesi ikisin de gördüğü bu güzellik oldu. Kanı ilk anda ısındı Selahattin'in "bu senin," dedikleri boz eşeğe. Elini, çocuğunu başını okşar gibi boyun kısmındaki kadifemsi tüylerinde gezdirdi. Tanışma, alışma, yakınlaşma ve sevmek için yetti bu kısa dokunum.

2.

Salurlu boz eşek, getirildiği yerde sadece Selahattin'i ve kiraz ağacını görmedi. Aynı görevde olan başka eşekleri de gördü. Sayıları kırka yakındı. Bunlara "kadrolu" deniliyordu. Vurgulu söylenişine bakınca kadro çok önemli olmalıydı. Çok geçmeden nedenini anladı. Bundan böyle yemi suyu eksik olmayacak, kaldığı barınak sık temizlenip teftişe hazır bulunacak.

Hastalandığında kendisine Kör Salih değil veteriner bakacak. Çalışma süresi belli. Çöp toplamadığı zaman ekmek elden su gölden. Beyler paşalar gibi... Belli bir süreden sonra emeklilik gibi insani bir hak var ki ekmek kadayıfının üstündeki kaymak. Oh oh!

Selahattin, yoldaşına tanımış hakları duyunca kendine verilmiş gibi sevindi. Özünde hayvan severdi. Günler öncesinde televizyon kanallarında haber olarak geçen özgür ruhlu Ferdinand'ı da tanımış sevmiş, başarısını gönülden kutlamıştı. O sadece bir boğa değil Kahraman Ferdinand'dı. Adı da sıfatı da çok yakışmıştı. Onun öyküsünü duymamışlara anlatmayı görev edinmişti bir süre. Zaten kafasındaki şimşeği çakan o an aklına bunun gelişi oldu.

Her canlının bir adını olmasını onun için hak, kendisi için bir görevden öte borç olarak gördü. Bunu başkalarına anlatmakta gecikmedi. İlk anlattığı kendini mi, yoldaşını mı yerdi onu anlamadı işte.

"De git işine oğlum! İt doydu Haydar kaldı he mi?" İkincisi gülmelerini aralayıp: "He, he, her boyayı boyadık fıstıkisi kaldı. Var git işine be birader. Boş işlerle uğraşma. Zaten romatizmalarım azdı." Bir başkası gerçekçiydi. "Kadrolu olsa kaç yazar, sonunda eşek bu. Sırtına ne vurduğu fark etmez. Gitmesi için "deh" durması için "çüş"de o kadar. Ad vermekte nereden aklına geldi?" İleri gittiğini anlayıp alttan alacağını düşünürken yaşam dersi davranış biçimi verdi: "Günde bizim gibi sekiz saat çalışıyor, ileride emekli olacak diye haşa insan mı oldu bu şimdi. Yüz verme şuna. İnatlaşırsa da vur sırtına sopayı. Acıma sakın ha! Acıyan acınacak duruma düşer. Eşek bu, eşekliğini bilsin. Patronun, sahibinin kim olduğunu unutmasın… Bana söyledin, sakın başkalarına söyleme yanlış anlaşılır, alay konusu olursun. Hele de insan ad koymak o hiç olmaz? Gücenen kızanları olur." En yakını: "Selo Can, seni akıllı birisi bilirdim. Saçmalama ya oğlum," dedi.

Selahattin, kimselere aldırmadı. İş arkadaşının adı olmalıydı. Bulduğu kendine yakışmalıydı. Bulmak için çok düşündü. Bulduğunu yetersiz gördü, yakıştırmadı. En fazla tarih kitaplarını karıştırdı. Sonuçta… O gün çok işe girdiği, iş arkadaşıyla tanıştığı gün gibi mutlu oldu.

"DARA[3]"

Bulduğu adı önce yoldaşını kulağına sonra kendini yolundan çevirmeye çalışanlara söyledi. Yeni bir alay konusu çıktığına sevinirken içlerinden biri çıkıp: "Ya, Selahattin yaptın bir iş de kim oluyor bu Dara? Kulağıma bir yerden çalındı," demedi. Olay bir noktada azınca eşeklerle aynı işi yapan bu insanlarla konuşmak gereğini duydu.

"Şimdi beni iyi dinleyin. Her su bulunan yerde kurbağa olmaz; ama kurbağa sesinin geldiği her yerde su olduğuna inandığım gibi hayatlarına bir hayvanı almadan yaşayanların eksik yaşadıklarına inanırım. Biz insanlar, hayvanlar, ağaçlar gibi aynı gökyüzü altında, aynı toprağın üstünde yaşar, aynı yerden nefesten alırız. Bir an düşünün bakalım hayvanlar olmazsa haliniz nice olur ne yapardık? Ben söyleyeyim büyük bir yalnızlığın içinde düşer bu yalnızlıkta boğulurduk.   B ü tün canlılar kendi hayatlarını yaşamak için doğmuşlardır. Yapabileceği, yararlı olacağı işlerde kullanmak en doğru olanı. Hak ve özgürlüklerinin elinden alınması, sömürülmesi, zorlanması, acı çektirilmesi, asla doğru değildir. İnsan olana yakışmaz." Söz vardır iş bitirir, söz vardır baş yitirir. Bunu doğrularca çalışma arkadaşları bu anlamlı konuşmayı düşündüler. Düşünmekle kalmadılar, haklı olduğunu anladılar. Onun yolundan giderek elleri ayakları olan bu hayvanlara adlar aramaya, bulunca da onunla cins adlarını bırakıp onunla seslenmeye başladılar. Bu yolda atılmış olumlu adımdı. Kimi Selahattin gibi tarihi eşeledi, kimi sinemayı karıştırdı. Dostunun, çocuğunun adını verenler çıktı içlerinden ama hepsinin birer adı oldu. Ailelerine yeni birsini katmış gibi oldular.

3 Dara, (Darius) Pers İmparatoru. Otuz altı yıllık hükümdarlık yapan o çağa kadar, dünyanın görmediği büyüklükte bir imparatorluk bırakan. Posta teşkilâtı kurması, ayrıca bugünkü telgraf gibi işaretlerle bir haberi kısa zamanda çok uzaklara gönderebilmenin yolunu bulan. Yurdun her köşesinde hayvan yetiştirme işlerine, tarıma önem veren. Başkent Persepolis'te "Taht-ı Cemşid"in sahibi.

<h1 style="text-align:center">3.</h1>

Dara, Selahattin'in kendine bu adı neden verdiğini, verdiğinin kim ya da ne olduğunu bilmedi. Kendisine saygın bir varlık gibi davrandığına göre iyi bir şey olmalı kararına vardı.

Zamanla kimliğe kavuştuğunu görüp içten sevinmeyi bırakıp dışına vurdu. Kendi açısından ek bir değer olduğunu da kavraması o dönemle örtüştü. En önemli yargısıysa: Başkalarına benzemeyen Selahattin, çok iyi birisiydi. Yanılmadı da. Birlikte olduğu sürede kendine karşı davranışları da hiç değişmedi. Bu güzel adam, özgürlüğünü hiç kısıtlamadı. Eziyet etmedi. Aç susuz bırakmadı.

Şiddet göstermedi. Horlamadı. Zorlamadı. Sahibi gibi değil yoldaşı gibi davrandı. Kendini seven, gözü gibi koruyan en önemlisi değer veren, dost oldu. Çünkü bu adam, sadece kendini değil bütün hayvanları seviyordu. Kendisini yakını belledi. Gün geldi okulu okumayı sevmeyen oğlundan, sık aralıkla zam isteyen ev sahibinden, artan soğan fiyatından, önüne geçilemeyen enflasyondan, bir türlü kırılmayan sıcaklardan ona, yakındı.

Çalışma sırasında küçük kasetçalarından birlikte şarkı türkü, sözlü sözsüz müzik dinletti. Kiminde neşelenip coştular. Başkalarını "gıygıy" dediği müziğe alışmakta zorlandı biraz. Ama alıştı, gizli güzelliğini sezince çok sevdi. Hele bunları içinde "Şehrazat" denilen bir parça vardı ki aman da aman... Ne zaman çalınsa, hem içlendi hem sevindi. İki duyguyu bir arada yaşadı.

Onunla birlik çalışma, işten çıkıp keyfe döndü. İnsanlar hakkında güzel olumlu düşünceleri Selahattin sayesinde değişti. Sevgiyi algıladı. Davranışlarını karşılıksız bırakmadı. Hiç üzmedi.

Zorluk çıkarmadı. Birlikte geçen o güzel günler sayesinde geçip giden yılların farkında olmadı. İlk Buluşma yerleri olan belediyenin sol böğründeki yalnız kiraz ağacı, tam tamına sekiz kez çiçek açıp meyveye döndü.

<h2 style="text-align:center">4.</h2>

Buruk bir heyecan içindeydi Selahattin. İçlerinde Dara'nın olduğu kadrolu eşeklerden üçü emekli olacaktı. Acısı tatlısı, sıcağı soğuğuyla birlikte göz açıp kapayıncaya kadar geçen 8 yıl 4 ay 24 gün… Nasıl geçmişti be. Tanıştıkları gün, gece gibi simsiyah olan saçlarına düşen tek tük akları görmek, Dara'nın emekliliği gündeme geldiğinde fark etti. Yoldaşının yerini alacak yeni çalışma arkadaşını da severdi ve anlaşırdı. "Bencillik yapmanın anlamı yok. Yalnız Dara'yı yeni yaşamına güzel bir anıyla uğurlamalıyım. Bunu fazlasıyla hak etti, " diye günlerce düşündü. Düşüncesini arkadaşlarıyla paylaştığında kimilerinin edecekleri alaydan korkmadı. Tersine olumlu karşıladıkları yetmemiş gibi işbölümüne girip Selahattin'i şaşırttılar.

<h2 style="text-align:center">5.</h2>

Sekiz yılık çalışma süreleri dolan Dargeçitli Roza, Nusaybin Reşo ve Savurlu Dara'ydı. Üçlü o gün, diğerleri gibi çöp toplamaya çıkarılmadı. Düğüne bayrama gider gibi özenli giyimmiş çalışma arkadaşları erkenden gelip onları elleriyle besledi. Tımar edip tüylerini tarayıp parlattı. Belediyenin sol böğründeki boşlukta baştan sona çiçeklerle donanmış yalnız kiraz ağacının altına çıkardıklarında orada toplanmış tanıdık tanımadık çok insan görünce olağanüstülüğün bir olaya yaşayacaklarını anladılar Merakla beklemeye başladılar.

Üzerlerine iki yanına çöp doldurulan büyük sandıklar konmuş semer yerine, çiçek ve renkli rafya şeritlerle süslenmiş renkli örtüler örtüldü. Üçü birden ortaya konmuş tek semere kırmızı kurdeleyle bağlandılar. Konuşmalar yapıldığında anladılar ki bu bir törendi. Kendileri için yapılan o güne kadar hiç yapılmamış olan emeklilik töreniydi.

Sırayla yapılan konuşmalarda onlarla ilgili kendilerinin çoktan unuttuğu anılar tazelendi. Roza'nın yoldaşı Kara Mustafa içlerinde en fazla duygulanan oldu. Konuşmasını tamamlayamadan ağlamaya başladı. Reşo'nun yoldaşı Yusuf'un ayrılık öpüşü, güne bir başka anlam kattı. En sonra da törene davet edilmiş yetkili, semere bağlanmış kurdeleleri alkışlar eşliğinde kesti. Üçlünün çöp toplama ve temizlik hizmetlerinden emeklilikleri başlatılmış oldu.

Bu arada fotoğraflar çekildi. Çekenler arasında yerel gazetenin habercisi de bulunmaktaydı.

Ödülün en lezzetlisi sona bırakılmıştı. Neşeli kalabalığın kahkaha ve alkışları arasında her biri için ayrı ayrı hazırlanmış üzeri mevsim meyve ve sebzeleriyle donatılmış iştah açan tepsiler getirip önlerine kondu. Nusaybinli Reşo, yirmi yıllık yaşantısında ilk kez muzu bu tepsiden yedi.

Selahattin'in asıl sürprizi gerideydi. Günlerdir yaptığı yazışmalar telefon konuşmaları olumlu sonuç vermişti. O güne kadar emekliye ayrılan kadrolu eşekler, ya başka bir barınakta ölünceye bekletilir ya da başka hayvanlara mama olmak üzere fabrikanın yolunu tutardı. İlk defa farklı gelişti. Kocaeli Büyükşehir Belediyesi'nin gönderdiği araçla orada bulunan Doğal Yaşamı Koruma Parkı'na doğru yola çıkacaklardı. Bundan sonraki yaşamları rahat ve huzur içinde geçecekti.

Bu, Sahurlu Dara ile birlikte emekli dolan Dargeçitli Roza, Nusaybin Reşo'nun sadece emeklilik ikramiyesi değildi. Özgürlüklerine kavuştuklarının üç boyutlu resmiydi.

GÜLER KALEM

AVAZ

"Hayırdır, nereye böyle apar topar?"

"Sorma teyze oğlu, oto alım satım işleri, bulaştık bir kere, işi de büyüttük artık, işler karışık anlayacağın, prosedür çok, imzalar, toplantılar..."

"Haa, şu ihale işleri..."

"Şişşt, çaktırma, yerin kulağı var, kitabına uydurmak lazım."

Bizim Hakkı'ydı. Haksızlıkla beslenen bir Hakkı... Rahmetli teyzemin son nefesinde anneme emanet ettiği anne yarısı yadigârıydı. Beraber büyümüş, birbirimizi kardeş bellemiştik. Etle tırnak gibiydik. Teyzem melekten hallice dünya iyisi bir kadındı ya, İlligel Hakkı ne ada ne de o anaya layık olamamıştı. Oto yıkamacısı olarak başladığı işinden alım satım işlerine oradan da şehirler arası zincir bir firmanın sahibi oluvermişti. Her şeye rağmen bizden kopmamış, kopamamıştı. Belki de bunun için onu seviyorduk.

"Kuzen işin ne zaman?"

"Öğlene kalmaz."

"Ya benim Leydi'yi bırakacaktım sana. Akşamüstü Leyla'ya doğum günü sürprizi hazırladım, o da pimpirikli biliyorsun. Köpeklerden hoşlanmıyor. Anlayacağın eve gidip hazırlık yapmam gerek.

Diyorum ki, Leydi'yle sen ilgilensen bu akşam."

"Elbette seve seve. Lafı mı olur? Hem o Hakkı abisini sever."

İşte böyle anlarda hep, "Acaba Hakkı'ya haksızlık mı ediyoruz" dediğim çok olmuştur. Damarına basarsan edepsizlikte, agresiflikte üstüne yoktur.

Acelem vardı. Leydi'yi Hakkı'ya bırakıp apar topar evden çıktım. Arabaya atladığım gibi gaza bastım. Yolu yarılamıştım ki, mamasını arka koltukta unuttuğumu fark ettim.

Geri dönsem şimdi trafik ana baba günü. Buluşmalara hep geç kalıyorum. Leyla'nın en gıcık olduğu huyum. Hele bu özel günde mümkün değil geç kalamam ayrılık nedeni olur. Biliyorum.

Telefona sarılıp Hakkı'yı çaldırmaya başladım. Defalarca aramama rağmen yanıt yok. Marketten mama almasını söylemezsem olmaz. Hakkı unutursa hayvan aç kalacak. Telefondan umudumu kesmişken açıldı. Boğuk bir ses, anlam veremedim.

"Kuzen Leydi'nin mamasını arabada unutmuşum. Marketi arasan diyorum hani, ben iptalim bu akşam, biliyorsun."

Hakkı nefes nefeseydi. Sanki yokuş tırmanmış gibi.

Cevap vermedi. Acaba dediğimi duymadı mı?

"Kuzen, iyi misin?"

"Sen de durur durur insanı tuvalette yakalarsın. Koşturdum biraz." Küçücük evin neresinde koşturmuş olabilir diye de düşünmedim.

"Pardon yaa."

"Mama işini düşünme sen. O iş bende."

O gece garip bir şekilde aklım hep Leydi'ye kaydı. Acaba mamasını yedi mi, rahat etti mi, hayvanlara karşı duyarlı olmadığınızda onlar hemen hisseder. Leydi'nin hayatımdaki önemini böyle zamanlarda daha çok hissediyordum. Ailemdeki diğer üyelerden farkı yokmuş gibi ona karşı bir sorumluluk hissediyordum. Leyla'nın bu yanımı hissederse rahatsız olmasından da çekinmiyor değildim.

Bunu bir kez daha fark ettiğim o anda hem kendime hem Leyla'ya hem de Leydi'ye haksızlık ettiğimi düşündüm. Daha açık olmalıydım.

O geceyi sırf bunun için mi o kadar huzursuz geçirdim bilemiyorum. Sabaha kadar defalarca uyandım, gün ışır ışımaz yataktan fırladım.

Leyla derin derin uyuyordu. Sessizce üstümü giyinip evden çıktım. Arabaya binip kontağı çevirdim. Aklımda tek bir şey vardı. Trafik başlamadan bir an önce Leydi'me kavuşmak. Tahmin ettiğim gibi yol bomboştu.

Apartmanın önüne vardığımda, dün arka koltukta unuttuğum mamayı aldım. Diyafonun şifresini bildiğim için ana kapıyı kolayca geçtim. Asansörden inip koridoru geçtim. Dairenin kapısı aralıktı. Yavaşça iterek içeri girdim. Sessizlik tuhaftı. Çünkü çoktan Leydi benim kokumla uyanıp koşmalıydı. Hakkı'nın horlama sesine doğru yürüdüm. Alkolle karışık ekşi bir koku hissettim.

Salona girip üçlü koltuktaki o manzarayı gördüğümde kalakaldım. Hakkı'nın pantolonu dizlerine kadar sıyrılmıştı. Böğründe başı yana düşmüş Leydi. Beyaz tüylerinde hiç görmediğim o kızıl renk. Yarı açık gözlerinde geç kaldın bakışları...

Tepeden tırnağa terlediğimi, dilimin kuruduğunu anımsıyorum. Sonra mutfağa gidip bilinçsizce kaşıklıktaki en büyük bıçağı alışımı, geriye salona gelip Hakkı'nın göğsüne doğru nişan aldığımı... Tavuk bile kesemeyen ben, kuzenimi öldürmeye kesin kararlıydım.

Birden uyandı Hakkı. Neye uğradığını şaşırmıştı. Onun pis kanıyla elimi kirletmem ona ceza olmayacak, belki de ödül olacaktı.

"Olduğun yerde kal. Yoksa seni doğrarım!" diyerek 155'i aradım.

GÜLSÜM ÖZ

HEPİMİZİN DEĞİL Mİ Kİ BU DÜNYA?

Erzurum'un şirin bir köyünde, yemyeşil vadide çoban Ayşegül sırtını cılız bir ağaca dayamış, kavalını çalıyordu. Güneşten yer yer sararmış sarı saçlarını iki örgü yapmıştı. Dokuz yaşındaki güzel yüzlü Ayşegül, okumayı, doğayı ve hayvanları çok seviyordu. Hele ki sevimli danası Kara Şahin'i bir başka seviyordu. Hiç yanından ayrılmayan Kara Şahin'e bakındı. Az önce yanındaydı oysa. Nasıl olsa sürünün içindedir diye düşündü.

Keçiler yavrularıyla, koyunlar kuzularıyla kavaldan çıkan o tılsımlı müziğin ritmine ayak uydurur gibi dans ediyordu sanki. İnekler yavrularını emziriyor, danalar çimenlerde keyif çatıyordu. Kuşlar rüzgârla cilveleşirken güneş karşı tepede küçük bulutların arasından bir görünüp bir kayboluyordu.

Bütün hayvanlar bu ağustos sıcağında gevşemiş uyuklarken bir böğürmeyle irkildi Ayşegül. Böğürmeyle meleme ve tıslama sesleri ortalığı inletiyordu. Kara Şahin'in sesiydi bu. Kavalını bırakıp hemen ayaklandı. Nerede olsa tanırdı onun sesini. Her haliyle farklıydı. Özgürlüğüne düşkün, insan dilinden anlayan, mücadeleci bir danaydı o. Bazen diğer hayvanları ona emanet ettiği bile oluyordu.

Kara Şahin az ötede kendini yerden yere atıyordu. Sanki dev bir kara kuş havada ters takla atıp sonra büyük bir çatırtıyla dalların üzerine düşüyordu. Ayşegül korkudan kalakalmıştı. Sonra birden irice bir yılanın yeni doğan kuzulardan birine sarılmış olduğunu fark etti. Kara Şahin yılanın kuyruğunda tepiniyor gibiydi. Tozdan yılanı ve kuzuyu göremez olduğunda Ayşegül ağlamaya başladı. Yavrusunu yılana kaptıran annesi de acı acı meliyordu.

Ayşegül neden sonra eline bir taş alıp toz bulutuna doğru yaklaştı ama taşı nereye atacağını bilemiyordu. Birden Kara Şahin durdu. Ayşegül korkarak yaklaştı.

Kuzucuk yerde yatıyordu. Yılanın başı ezilmiş kıvranıyordu. Anne koyun yerde yatan yavrusunu burnuyla dürterek kaldırıp yılanın yanından uzaklaştırdı. Kara Şahin sessizce uzaklaşan yaralı yılanı bırakıp sürünün yanına doğru gitti.

Ağustos ayının ilk günleriydi. Artık Ayşegül sürüyü otlatırken daha dikkatli davranıyordu. Kara Şahin'in varlığı da ona ayrıca güç veriyordu.

Bir akşam çiftlikte Nakış nine süt sağıyordu. Ayşegül ve Ahmet saklambaç oynamaya başlamıştı. Babası hayvanları ahırlara alıyordu. Kara Şahin sona kalmıştı yine. Ayşegül'ün yanındaydı. Ayşegül çiçekli elbisesinin cebinden çıkardığı elmayı Kara Şahin'e uzattı.

Abisi koşarak yanına gelip, dedesinin şapkasını rüzgâra doğru savurdu. Nakış Nine, "Haydi sofraya," diye bağırdı.

Yaz aylarında sofra avluya kurulur, yemek ay ışığında yenirdi. Herkes mutlu görünüyordu. Ayşegül defalarca tekrarladığı kuzuyu yılandan kurtaran Kara Şahin'in kahramanlığını anlatıyordu. Öyle heyecanla anlatıyordu ki birden maşrapadaki ayranı devirdi. Annesi "Oldu mu şimdi," diye söylenirken babası "Kara Şahin'e alıcı çıktı," dedi.

"Satıp kurtulacağım. Keşke koyunlara da iyi bir alıcı çıksa da satsak."

Ayşegül dona kalmış gibiydi.

Gözlerinde biriken yaşlarla, "Ama baba hani Kara Şahin benimdi. Sen doğunca öyle söylememiş miydin? Bu yavru senin..." demeye çalıştı ama babası onu dinlemiyordu.

"O lafın gelişi kızım. Hayvan bu. Hadi fazla uzatmayın da yiyin yemeğinizi."

Çaresi yok, Kara Şahin satılacaktı. Ayşegül, babasının kızacağını bile bile yalvarıp yakarmayı sürdürüyordu ama bir kez bile saçını okşamayan babasının kararından dönmeyeceğini hissediyordu.

Ayşegül, evden çıkıp ağıla doğru yürüdü.

Nakış nine torununun gözündeki yaşlara kıyamadı. Oğluna "Satmasan olmaz mı? Sağılan hayvan," dedi.

Kara Şahin için çoktan karar verilmişti. Nakış Nine Ayşegül'ü teselli etmeye çalıştı ama küçük kızın ağlamasını durduramıyordu.

"Benim güzel yavrum, illaki Kara Şahin bir gün satılacaktı. Vakti şimdi demekki." Ayşegül Kara Şahin'in kesilecek olmasını bir türlü kabullenmek istemiyordu.

Ayşegül Kara Şahin'in yanına gidip boynuna sarıldı. Küçük kızın gözyaşlarına bir anlam veremese de kötü bir şeyler olduğunu hissetmişti.

Ayşegül eve gidip birkaç tane elmayla tekrar döndü. Kara Şahin nedense elmaları yemek istememişti. Ayşegül ağlarken canı istememiş gibiydi. Dikkatle Ayşegül'e bakıyordu. Küçük kız neden bu kadar üzgündü. Sanki Kara Şahin'in bakışlarında da bir korku, hüzün, huzursuzluk vardı. Kısık bir "mööö" sesiyle Ayşegül daha çok ağlamaya başladı.

Ayşegül danasının satılmasına izin vermemeye kararlıydı. Kara Şahin'i boyun bağından tutarak kapıya doğru götürdü. Bir yandan da konuşuyordu.

"Merak etme seni bulamayacaklar. Saklayacağım…"

Önce sınıf arkadaşı Gülcemlerin ahırına saklamayı aklından geçirdi. Sonra hemen bu düşünceden vazgeçti. Gülcem'in babasına yakalanırlarsa olacakları tahmin edebiliyordu. En iyisi kimsenin aklına gelmeyecek bir yere götürmeliydi.

Ayşegül akşam karanlığında hızlı hızlı yürüyerek, Kara Şahin'le birlikte düzlükteki yıkıntı mağaraya geldi. Kimse onların burada olduğunu tahmin edemeyecekti.

Nakış ninenin peşlerinden geldiğini Kara Şahin fark etmişti ama Ayşegül fark edememişti.

Nakış Nine oğlunun gazabından torununu korumak için sessizce Kara Şahin'i ahırdan çıkardı, onu çiftliğin dışında düzlükteki yıkıntı mağaraya götürüp saklayacaktı. Sessizce büyük tahta kapıyı açtı. Tam çiftliğin çitini aşarken ninesi gördü. Ayşegül bunu hiç beklemiyordu. Ninesini kendi tarafına almak için dökmediği dil kalmadı. Ninesini bir türlü ikna edemedi. Nine, torunu Ayşegül'e hiç kıyamazdı ama danayı bulamayan oğlunun çocuklara ne eziyet edeceğini tahmin edebiliyordu. Torununa sarıldı.

"Onların da hayatı böyle işte kızım. Sanki bir gün Kara Şahin'in satılacağını bilmiyor muyduk?"

Ayşegül'ü teselli etmek mümkün değildi. Nakış nine torununun bütün ısrarlarına rağmen Kara Şahin'i getirip tekrar ahıra kapadı.

Sabah erkenden babası ve amcası ağıla girip akşamdan belirledikleri koyunları, kuzuları seçip kamyona yükledi. Son olarak Kara Şahin'i de kamyonun yanına getirip hazır ettiler.

Ak koyunla, Pamuk kuzu da binenler arasındaydı. Kara

Şahin kederli bakışlarını yılandan kurtardığı küçük kuzuya çevirdi. Küçük kuzu kendisi gibi huzursuz olan annesine sokulmuş arada bir meliyordu.

İki kardeş Kara Şahin'i kamyona bindirmek için uğraşıyorlardı ama inatçı hayvan istemiyordu.

Ayşegül, Kara Şahin'in böğürme sesiyle yataktan fırladı ve geceliğiyle bahçeye koştu. Arkasından Ahmet de fırladı. Ayşegül ve Ahmet babasını çekiştiriyordu. Ayşegül ağlarken "Kara Şahin'i satma!" diye bağırıyordu. O sırada anneleri de geldi. Anneleri, Ayşegül ve Ahmet' e çıkıştı. Kadıncağız zaten zor geçindiklerini bu çiftliğin nasıl döndüğünü onlara sert bir dille söyledi. Ayşegül hıçkıra hıçkıra ağlıyordu. Annesi, ikisini de uzaklaştırdı oradan. Babası ve yanında iki adam Kara

Şahin'i bağlayarak, güç bela kamyona yükledi. Babası, kamyonun içinde debelenen Kara Şahin'e yaklaşıp, onunla konuşmaya başladı. Bugüne kadar ona nasıl iyi baktığını anlattı. "Sana bir kusur ettim mi?" dedi. Artık onu satma zamanının geldiğini söyleyip onunla helalleşti. Kara Şahin möleyerek başını iki yana salladı. Satılmak, kesilmek istemiyordu.

Kamyon Rize'ye doğru yola çıkarken hayvanlar son kez çiftliğin bahçesine doğru baktılar. Kamyon köyden ayrılana dek, annesinin kollarında çırpınarak ağlayan Ayşegül'ün sesi kısılmıştı.

Rize'nin kıvrım kıvrım sahilini, yemyeşil ormanlarını ve derelerini geçiyorlardı.

Rize'nin İyidere ilçesinde Hazar Mahallesi'ne vardılar. Hayvan mezatı kalabalıktı. Adamlar hayvanları kamyondan indirip derenin kenarına bakan bir bölüme geçirdiler. Hayret... Kara Şahin inmek için hiç zorlanmadı. Cesur görünüyordu.

İfadesi kararlı, duruşu gayet dikti. Adeta kamyondan kendiliğinden inmişti.

Kara Şahin kamyondan çıkınca etrafına bakınmaya başladı. Her yerde hayvanlar vardı.

Bu sırada ak koyun çabucak satıldı, yavrusu Pamuk kuzu bir anda tek başına kalmıştı. Kara Şahin dikkatle etrafına bakındı. Az ötede yavrusundan ayrılan ak koyun kesilmekteydi. Yavrusu Pamuk kuzu var gücüyle meliyordu. Kara Şahin'in gözlerindeki yaşı kimse fark etmemişti.

Birden Pamuk kuzu kamyondan atlayarak koşmaya başladı. Annesinin bedeninden ayrılan yerdeki postuna doğru koşuyordu.

Burnuyla anasının postunu hafifçe kaldırdı, sonra hala sıcak olan postun üzerine yattı. Kara Şahin ağlıyordu.

O ana kadar sakin görünen Kara Şahin uzun uzun mölemeye başladı. Sonra birden âdeta devleşmiş cüssesiyle dere ile çayırı ayıran duvardan atlayıp serin sulara daldı. Mezattakiler telaşla "çılgın" boğanın kaçtığı tarafa doğru koşuştular.

Kara Şahin güç bela dereye ulaştıktan sonra yüzmeye başlamıştı. Birileri suya atlamayı düşünürken Kara Şahin gözden kaybolmuştu.

Hemen jandarmaya haber verilmiş arama çalışmaları başlatılmıştı. O gün Kara Şahin'in izi bile bulunmadı.

İkinci gün de iz bulunmayınca Kara Şahin'den ümit kesilmişti. Ayşegül'ün babası bu duruma çok sinirlenmişti. Planladığı gibi olmayınca eve eli boş dönmek canını sıkıyordu. Akşam yemeğinde büyükler keyifsizdi. Ayşegül henüz haber almamıştı. Hâlâ ağılda ağlıyordu. Babası sorunca annesi Ayşegül'ün iki gündür bir lokma bile yemediğini söyledi.

Babası birden "Çağırın şu kızı, gelsin sofraya!" diye gürledi.

Nakış nine yavaşça sofradan kalkıp hızlı adımlarla müjdeli haber verecekmiş gibi ahıra doğru gitti.

"Ayşegül, kız Ayşegül!.. Sil o gözlerini. Senin Kara Şahin satılmamış."

Ayşegül dondu kaldı. Ninesinin gözlerinin içine dikkatle baktı. Yalan söylemiyor, şaka yapmıyordu.

"Kaçmış" diye devam etti ninesi. "Kara Şahin tam alıcısına teslim edilecekken kaçmış. Hem de koskoca duvardan atlamış… Valla baban anlatıyor sofrada. Duvar beş altı metre yükseklikteymiş. Nasıl atladın be hayvan, nasıl kaçtın? Kaçtın da buhar mı oldun? Koca tabur jandarma peşine düşmüş, bulamamış Kara Şahin'i."

Nine anlatıyor, Ayşegül artık hiçbir şey duymuyordu. Sevinçle ninesine sarıldı.

Abisi de bu işe çok sevinmişti. Kara Şahin'den gelecek haberi beklemeye başlamışlardı. Yeni izledikleri "Pi'nin Yaşamı" geldi akıllarına. Kara Şahin de o çocuk gibi yanındaki yırtıcı kaplanla birlikte ölümüne savaşmıştı.

Ayşegül, "Benim güzel kahramanım şimdi ne haldesin, nerelerdesin?" diye mırıldandı.

SILA AYMAN

VE ÇOK DALGALIYDI KARADENİZ

Dereleri, tepeleri aşıp Rize kıyılarına varan Kara Şahin'in arka sağ bacağı topallıyor, toynağındaki dikenler battıkça acıyla kıvranıyordu. Susuzluktan, dili damağına yapışmıştı. Belki ölecekti ama özgürlük mücadelesi verirken ölmek, kesilmekle aynı şey değildi. Pişman değildi. Artık gözlerinde korku yerine özgürlük pırıltısı vardı.

Biraz ilerideki küçük tepelerin ardında beyaz köpükler çıkararak önündeki kayalıklara doğru vuran, sonra da geri çekilen, uçsuz bucaksız maviliği fark etti. Küçük adımlar atarak beyaz köpüklerin üzerinde yürümeye çalıştı, ayaklarında soğuk bir ıslaklık hissediyordu. Suyun içinde ilerledikçe denizin suyu gövdesinden yukarı doğru yükseliyordu. Dalgalar köpürdükçe sular ağzından burnundan giriyor ve genzini yakarak midesine doğru iniyor, boğulur gibi oluyordu. Artık yumuşak zemine basamıyordu, hafiflemişti. Ayaklarını ileri, geri hareket ettirerek suda yol almaya başladı. Hızlandıkça köpüren dalgaların üstünden atlıyor, adeta bir korsan gemisi gibi gidiyordu. Bir an başını çevirdi ve arkasında gittikçe küçülen kara parçasına baktı. Kurtulmuş muydu? Azgın dalgaları aşabilirse evet.

Sosyal medyanın gündemindeydi. Rize sularında bir oduna yaslanmış görüntüleri anlatılıyordu. Balıkçılar tekneleri fark ettiğinde uzaklaştığını söylüyordu.

Çok yorulmuştu çok. Dev dalgaları aşmak zordu. Gökyüzünde altın bir top gibi parlayan güneşin kızıllığına yakın bir yerde, yeşil - kahverengi bir karaltıyı fark etmişti. Üzeri yeşil yosunlarla, yapraklarla ve kullanılmış plastik şişe parçalarıyla kaplı, büyük bir odun kütlesini yakından görünce sevindi. Ön ayaklarını ve çenesini, dalların arasından geçirerek kütüğün üzerine dayandı. Öyle bitkin hissediyordu ki göz kapakları iyice ağırlaşmıştı. Uyuması, yeniden gücünü toplaması gerekiyordu.

Kara Şahin gözlerini kapayıp sırtını dayadığı odunun desteğiyle çiftlikteki hayvan dostlarının ve Ayşegül'ün hayali ile derin bir uykuya daldı. Böylece saatler birbirini kovaladı. Güneşin kızıl hareleri yerini dolunayın beyaz, solgun ışığına bırakmıştı bile çoktan. Kara Şahin, dalga seslerinin arasından sıyrılıp gelen ince tiz bir çığlıkla irkildi ve başını doğrulttu. Etraf deniz canlılarıyla doluydu.

Balıkçılar Karadeniz'in dalgalı sularında yüzen bir dananın yanında kocaman bir balık görmüştü. Daha sonra dananın derin sulara gömüldüğü söylendi.

Koca bir balık olan gri orkinos Kara Şahin'in etrafında hızla dönüyor, havaya sıçrıyor ve sonra yine suya dalıyordu. Kara Şahin suda ilerlemeye çalıştıkça dev balık kuyruğuyla önünü kesiyordu. Orkinos, Kara Şahin'e yaklaşan tehlikenin haberini veriyor ve kendini korumasını söylüyordu. Gerçekten de karanlık suyun yüzeyinde Kara Şahin'e doğru hızla gelen köpek balığının dik ve sivri kuyruğu bir görünüp bir kayboluyordu.

Çok geçmeden karnına büyük bir darbe aldı. Dalgaların arasında yuvarlana yuvarlana savruldu. Tutunduğu ağaç parçası da dalgaların arasında uzaklara gidiyordu. Artık yüzemiyordu. Dibe doğru inmeye başlamıştı. Gözlerini yakan tuzlu suya ve denizin dibinde yüzen yeşil mandarinlere, zehirli, mavi denizanalarına, renkli Japon balıklarına, deniz yosunlarına ve pembe, eflatun su menekşelerine bırakmıştı. Bulanık suyun içindeki bu ilginç yaşama ilk kez şahit oluyordu, şaşkınlıkla etrafına bakındı. Tuzlu suları yutmamak için nefesini tuttu. Artık suyun üzerine çıkmaktan umudunu kesmişti ki gri orkinos dev cüssesi ile onu sırtına alarak suyun üzerine çıkardı. Kara Şahin de ön ayaklarını orkinosun üzerine dayayarak bitkin bir hâlde uykuya daldı.

Ev ahalisi televizyonda haberleri izliyordu. Balıkçılar tarafından zaman zaman görülen "Kaçak Dana Kara Şahin"in hâlen Karadeniz'de yüzdüğü söyleniyordu. Ayşegül sevinçle ellerini havada yumruk yapıp ayağa fırladı ve "Yaşasıın, Kara Şahinim!" Sonra abisine döndü Ayşegül: "Abi... Karaşahin ne yapıyor acaba?

Acıkmıştır değil mi? Soğuk sularda üşümüştür, bizi çok özlemiştir değil mi?.."

Kara Şahin'in kaçışı İnternet ve TV kanallarında haber olmuştu. Kara Şahin'in dereye atlayıp kaçtığı anlara tanık olanlar telefonlarına sarılıp videolar çekmişti.

Haberlerdeki görüntüler herkesten çok Ayşegül'ü heyecanlandırıyordu.

"Aslanım benim!.. Kara Şahinim!.. Söylemiştim... Size söylemiştim... Geri gelecek, göreceksiniz!"

Nakış nine sessizce torununu izleyip gülümsüyordu.

Ayşegül kardeşine dönüp, yavaşça fısıldadı.

"Gidip onu arasak mı? Nasıl olsa yüzme biliyoruz."

Çekinerek babalarına açıldılar. Rize'ye gidip onu bulacaklardı. Nakış ninenin iki torununun arkasındaydı.

Kara Şahin, orkinosun dev gövdesinde epey dinlemişti. Nefes alışı düzelmiş, uyuşmuş ayaklarını oynatabiliyordu.

Ayşegül, kardeşi ve babasıyla hayvan taşıdıkları kamyonla Rize'ye gelmişlerdi. Çocukların heyecanı babaya da geçmiş gibiydi. Sahile ulaştıklarında sanki Kara Şahin'i hemen bulacaklarmış gibi sevinçliydiler. Fakat deniz bomboştu.

Ayşegül'le Ahmet ellerini ağızlarının iki yanında tutarak avazları çıktığı kadar bağırmaya başladılar.

"Kara Şahiiin! Heeeeeeeey! Kara Şahin! Bak biz geldik.!"

Hiçbir iz yoktu. İki kardeş ağlamaya başlamıştı. Ayşegül yüzerek aramak istiyordu.

Babası elinden tutarak kızını sudan çıkardı. Ahmet teselli etmeye çalışıyordu.

"Sakin ol! Biliyorsun o cesur ve zeki bir hayvan. Muhakkak bir yolunu bulup kurtulmuştur."

Gri orkinos Kara Şahin'in yanından ayrılmıyordu. Yorulduğunda aşağıdan destek vererek onu sırtına alıyordu. Öyle hızlı yüzüyordu ki sırtında Kara Şahin olduğu hâlde, Trabzon'un Çamburnu açıklarına kadar yaklaşmışlardı. Gri orkinos, açıktığında Kara Şahin'i sırtından indirip uzaklaşıyor, karnını doyurup geri dönüyordu. Oysa Kara Şahin de çok acıkmıştı. İki gündür aç susuz yüzüyordu hayatta kalmak için. Arkasında duyduğu akbabaların ve martıların sesiyle irkilerek başını çevirdi. Karşısında büyük bir yeşillik ve bitki yığını denizin ortasında hareket ediyordu. Bu gördüğü yüzen bir adaydı. Üzerinde iki bodur dişbudak ağacı, dallarında yemişler ile duruyordu. Kara Şahin, ön ayaklarını gri orkinosun üzerinden çekerek yüzen adaya doğru bir hamle yaptı. Önce başı ile ve burnu ile yüzen kütleye değerek üzerine çıkıp çıkamayacağını kontrol ettikten sonra, ön ayaklarını bitki yığının üzerine atarak sıçradı ama başaramıyordu bir türlü çıkmayı, gövdesi denize doğru kayıyordu. Cılız, anırmaya benzeyen bir ses çıkararak gri orkinostan yardım istedi. Çok geçmeden arka ayaklarından yukarıya doğru yuvarlak bir burunun kendisini ittiğini hissetti. Gri orkinos son kez Kara Şahin'e yardım etmek için gelmişti. Kara Şahin bir gayretle gövdesini yüzen adanın üzerine doğru itti, artık titrek bacakları bitkilerin üzerine basabiliyor, zor da olsa yürüyebiliyordu. Kara Şahin kanlanan gözleriyle dönüp denizdeki dostu Gri orkinos'a baktı. Sessiz bir vedaydı bu.

Deniz suyu ile tıkanan kulakları uğulduyordu. Çok acıkmıştı, dişbudak ağacının yapraklarından birkaç tanesini güçlükle çiğneyebildi. Denizin tuzlu suyu ağzını yara yapmış; derisini de kurutarak derisinin boz, kahverengi bir ton almasına neden olmuştu. Kara Şahin'in pes etmeye niyeti yoktu ancak biraz gücünü toplaması gerekiyordu.

Bulutlar yoğunlaşıyor, dalgalar yükseliyordu. Hava iyiden iyiye kararmıştı. Kuzeybatıdan esen rüzgâr, Kara Şahin'in tüylerini ürpertiyordu. Kara Şahin yaklaşmakta olan fırtınayı sezer sezmez gövdesi en kalın olan dişbudak ağacının kovuğuna sokuldu ve ön ayaklarıyla kuru dalları, yeşil bitkileri üzerine yığarak kendine siper etti.

Ayşegül ve Ahmet yanlarında babaları ve amcaları ile İyidere'den başlayarak Çamburnu'na kadar olan sahil kıyısını bütün gün kamyonetle aramaktan yorgun düşmüşlerdi. Jandarma da bir yandan denizde aramaya devam ediyordu. Limandaki bazı balıkçılar yüzen büyük siyah bir hayvan gördüklerini söylüyorlardı ama pek emin değillerdi. Ayşegül misafir oldukları evin penceresinden sahile bakıyor ve denize vuran yakamozları görebiliyordu. Babası, çocuklarının aklına uyup buralara geldiğine pişman olmuş gibiydi. Onu bulmaları imkânsız görünüyordu.

Yemekten sonra babası televizyonu açtı. Haberler başlamıştı.

"Şimdi, hayatın ne kadar değerli olduğunu anlatan bir haberimiz var. Trabzon'un İyidere ilçesinde kesimhaneden kaçan kurbanlık bir dana, sahiplerine zor anlar yaşattıktan sonra beş metre yüksekliğindeki duvardan evet, yanlış duymadınız sayın seyirciler, beş metre yüksekliğinde bir duvardan atlayarak ve İyidere'nin serin sularıyla boğuşarak kayıplara karıştı. Dananın bugün balıkçılar tarafından Karadeniz'de, Çamburnu mevkiinde görüldüğü iddia edildi. Bunun üzerine sanatçı Haluk Levent bize bağlanarak şayet dana bulunursa onu satın almak istediği bilgisini verdi, sayın seyirciler. Umarız bu akıllı dana bir an evvel bulunur ve hayatına mutlu bir şekilde devam eder."

Haberi duyan baba sevinçle çocukları yanına çağırdı. Ayşegül ve Ahmet sevinçten havalara uçuyordu. Ayşegül, göğsünde ve karnında kelebekler uçuşuyor gibi hissediyordu heyecandan. Ancak hemen odalarına çıkıp yatmazlarsa ertesi sabah erkenden kalkıp Kara Şahin'i arama çalışmalarına katılamayacaklardı.

YASEMİN COŞKAN

VE ÖZGÜRLÜK

Balıkçı tekneleri kayıp dananın bir görülüp bir kaybolduğunu anlatıyordu. Üstelik görüldüğü bölgede fırtına çıkmak üzereydi. Bütün tekneler limana dönmüştü.

Kara Şahin, Sürmene açıklarındaydı. Sağanak hâlinde yağan yağmurun, gümbürdeyerek çakan şimşeklerin ve kabaran denizin üzerine düşen yıldırımların arasında koca gövdesiyle çırpınıyordu. Tam üç gün, üç gecedir açtı; susuzdu ve çok üşüyordu. Ve artık yapayalnızdı.

Gökyüzünde su ve hava akımından oluşan beyaz, devasa bir hortum dönerek Kara Şahin'in üzerinde soluklandığı yüzen adaya doğru ilerliyordu. Sanki küçük yüzen ada hortuma doğru gidiyor gibiydi. Kara Şahin topallayarak dalgaların kırıldığı noktaya doğru hızla koştu ve bir girdap gibi dönen dalgaların içine korkusuzca atladı. Dalgalar bedenine bir kaya parçası gibi çarpıyordu. Dengesi bozuluyor, sağa sola savrularak zar zor yüzüyordu. Bir süre sonra hortumun incelerek kayboldu.

Dalgalar da hızını kesmiş, dev köpükler yerini minik su kabarcıklarına bırakmıştı.

Kara Şahin artık uzayıp giden sahil şeridini, binaları ve arabaları görebiliyordu.

Aynı saatlerde Ayşegül'le Ahmet de büyük bir heyecanla onu arıyordu.

Kara Şahin günün ilk ışıklarıyla sakinleşen denizde nereye gittiğini bilmeden hızla yüzüyordu. Deniz çarşaf gibiydi.

Sırtına ve başına sıcacık güneş ışıkları değiyordu. Dostu orkinos geride kalmıştı.

Kıyıya doğru yüzen Kara Şahin yaralı, yorgun, aç ve susuzdu. Ayağı yere değdiğinde içindeki sevinç arttı. Suyun içinde yürüyerek ilerliyordu. Ama ayaklarında bir tuhaflık vardı. Kaya parçaları, büyük taşlar ayağına takıldıkça canı acıyordu. Tökezleyerek güç bela karaya çıktı. Ağzındaki ve ayaklarındaki yaralar iyice açılmıştı... Her tarafında irili ufaklı yaralar oluşmuştu.

Giderek canı daha çok yanıyor, yaralar güneşte giderek daha çok hissediliyordu. Biraz ot yemek için yeşilliklerin olduğu bölgeye doğru ilerledi. Çok aç olmasına rağmen çenesini güçlükle oynatabiliyordu. Dişlerinden bazıları düşmüştü.

Kara Şahin o kadar yorgundu ki, uyumamak için kendisini zor tutuyordu. Biraz ot yiyerek güç toplaması gerekiyordu. Etrafında sesler duymaya başladığında ürktü ama kaçacak gücü yoktu.

"Heyy, danaya bakın! Acaba o mu? Kaçan dana olabilir mi?"

Birileri koşarak yaklaşıyordu. Kara Şahin koşanları görünce güçlükle yeniden ayağa kalktı. Denize doğru koştu. Can havliyle kendisini yeniden serin sulara bıraktı. Düşe kalka kayalıkları aştı.

Artık yüzemiyor, adeta çırpınıyordu.

O kadar açılmıştı ki, kıyıdaki insanlar görünmüyordu. Onu görenlerin bir kısmı da denize girmişti ama sonra vaz geçip dönmüşlerdi.

"Danaya bak yaaa! Balık gibi yüzüyor."

Dalgalarla boğuşmaktan artık mecali kalmamıştı. Bir balıkçı teknesi ile karşılaştı. Teknedekiler gözlerine inanamıyorlardı. Herkes elindeki işi bırakmış onu seyrediyor, kimisi telefonla görüntüsünü kaydediyordu.

"Bu yaşıma geldim böyle bir şey görmedim..."

"Abi, baksana hayvan bitap düşmüş."

"Hemen sahil güvenliğe haber verelim."

"Trabzon Çamburnu mevkiindeyiz... Çok yakınımızda denizde yüzen bir dana ile karşılaştık."

Kaptan mutlu bir ses tonuyla konuşurken, diğerleri gülüşüyordu.

Bölge Sahil Güvenlik belirtilen yere çabucak gelip Kara Şahin'i yakalamaya çalıştı. Öyle kolay mıydı? Tedirgin olmuştu ama teslim olmayacaktı. Direniyordu. Daha hızlı yüzmeye başladı. Sahil Güvenlik Kara Şahin'in peşini bırakmıyordu.

Denizce bir kovalamaca başlamıştı.

Sosyal Medya da Kara Şahin'i destekleyerek takip ediyordu.

Ayşegül heyecanla son çekilen videoya seyrediyordu.

Balıkçı tekneleri de Kara Şahin'in peşine düşmüştü. Bu kez yakalanması gerekiyordu.

Sonunda bir balıkçı teknesi yaklaşıp üzerine ağ attı. Kara Şahin neye uğradığını şaşırdı. Rahat hareket edemeyince su yutmaya başlamıştı. Sahil Güvenlik ve balıkçı tekneleri yavaş yavaş Kara Şahin'i kıyıya doğru sürüklemeye başladılar.

Korkuyordu. Ne olacaktı? Sahil Güvenlik, jandarmaya teslim ettiğinde başına ne geleceğini bilmiyordu. Bu arada haber alan Ayşegül, kardeşi ve babası Sürmene'ye varmıştı.

Ayşegül çok heyecanlıydı. Araba durunca iki kardeş ok gibi fırlayıp çimenlere doğru koştular. Karan Şahin çocukları görünce günlerdir ilk kez içinde bir ferahlık hissetti. Sevinçle böğürdü.

"Mööööööö!"

Ayşegül hem hüzünlü hem mutluydu. Gözyaşları içinde danası ile kucaklaşan küçük kız herkesi duygulandırmıştı.

Jandarma komutanı Kara Şahin'in başını okşarken, "Bir dananın kahramanlığına şahit olduk" dedi.

Kara Şahin artık ünlü bir danaydı. Mücadeleci, özgürlüğü için ölümü göze alan bir hayvanın kesilmesine kimin gönlü razı olabilirdi ki?

Haluk Levent zaten haberi ilk duyduğu gün teklifini yapmıştı.

Ayşegül Kara Şahin'den artık ayrılamazdı. Ancak babası kış için ihtiyaçlarını sıraladığında mahzunlaştı.

"Kızım bir de şöyle düşün. Ona çok iyi bakılacak. Arada ziyarete de gideriz"

Bir an sessizlik oldu sonra Kara Şahin'in mööö sesi duyuldu.

Ayşegül için mühim olan Kara Şahin'in yaşamasıydı.

Artık Kara Şahin'in yeni mekânı İzmir'de Huzur Çiftliği olmuştu. Üstelik yanında bir de arkadaşı vardı. Çiftlik, yemyeşil çayırları olan geniş bir arazide konumlanmıştı. Sadece Kara Şahin değil burada bütün hayvanlar mutluydu. Atlar, kuzular, koyunlar, tavuklar...

Kara Şahin'in tek ziyaretçisi Ayşegül değildi elbette zaman zaman başka ziyaretçileri de oluyordu. Onu merak edip görmeye gelen çok çocuk vardı. Bir gün habercilerle birlikte Haluk Levent çıkıp geldi.

"Çocukluğumdan bilirim, hayvancılıkla uğraşanlar bir

koyun, bir dana hastalanmış ya da çok yorgun düşmüşse onu kesmezler. Ben de bu kadar yorgun düşmüş dananın kesilmeyeceğini biliyordum. Ona bir çizgi film karakterinden esinlenerek

Ferdinand ismini koydum."

Böylece Erzurum dağlarında başlayan bu serüven, Rize sahillerinden Trabzon sularına sürüklenen, Karadeniz'den Ege'ye kadar süren ve mutlu sonla biten gerçek bir yaşam öyküsü olmuştu.

TUNCAY BİLECEN

HANIM

Dümdüz bir ovanın ortasında kurulmuş bir köyde yaşayan umarsız bir çocuktum. Asla anlayamıyordum dünyanın yuvarlak olduğunu, bir tepsinin ortasında hissederek kendimi... Ve güneş ile ay yalnızca bizim köye aittiler. Geceleri gördüğüm yıldızlar yalnızca bizim köyün üzerinde göz kırpıyorlardı insanlara. Hele televizyonda (ah o sihirli kutu) gördüğüm kocaman kocaman binalar, geniş yollar ve üzerinde oradan oraya gürültüyle giden araçlar bir masal dünyasına aitti ancak, benim asla giremeyeceğim ve olmadığına yeminler edebileceğim bir dünyaya. En çok merak ettiğim de şehir denilen o yerlerde çocukların ne yaptığı idi. Nerede koşup oynarlar, ineklerini nerede otlatırlar, tarlalarını nasıl ekip biçerlerdi?

Uçsuz bucaksız ovada sadece bir noktaydı köyümüz. En yakın kasaba kilometrelerce uzaktaydı. Dış dünya ile bağlantısını sağlayan yegâne yol, patikaydı. Ortasında otların bittiği, kumlu, taşlı topraklı, kıvrım kıvrım uzanan, ara sıra tarlalara karışan bir yoldu bu. Yolunu şaşırmış kamyonlar geçerdi bazen, arkalarında toz bulutları bırakarak.

Kısa pantolonlu günlerimdi, çöl sıcağında inek peşinde koştuğum günler yani... Uzun yaz günleri boyunca merada inek otlatıyordum. Annem, sabah erkenden içini türlü yiyeceklerle doldurduğu heybemi hazırlar, elime ayva ağacından kestiğim, ütüleyip, yağladığım sopamı verir ve inekleri önüme katardı. Üç tane ineğimiz vardı: Çelek, Alaca ve Hanım. Çelek'in bir boynuzu kırık olduğu için bu ismi almıştı. Zayıf, uysal bir inekti. Alaca, iri yarı, gerine gerine yürüyen bir inek olmasına rağmen varlığıyla yokluğu belli olmayan, sakin bir hayvandı. Hanım'ın yalnızca adı Hanım'dı. Başımın belasıydı. Durmadan kaçıyor, ekili tarlalara zarar veriyor ben de ağlayarak peşine düşüyor, küfürler savuruyordum ardı sıra. Merada bana rahat yüzü göstermiyordu. Onun peşinde koşmaktan rüyalarıma giren "catka", "kuyucuk" oyunlarından mahrum kalıyor, gündöndü[4] sopalarından arabacık yapmaya fırsat bulamıyordum. Gündöndünün sapının daha kurumadan çakıyla kesilmesiyle yapılan bu arabalar hepimizin en büyük eğlence kaynağı idi. Kiminki daha sağlam oldu? Kiminki daha büyük ve gösterişli oldu? Gündöndüler araba yapmaya uygun kıvama geldiğinde konuştuğumuz sadece buydu. Arabalarımızın birer ismi vardı... Benim hayalimde, o zamana kadar yapılmamış kocaman bir araba yapmak vardı. Adını da bulmuştum: Kara Şimşek! Hanım bir türlü rahat yüzü göstermiyordu ki elime çakımı alayım. Bunun için babamdan onu bir an önce satmasını istiyordum. Babam, onun daha küçük olduğunu, yakında uysallaşacağını söylüyordu. Ama Hanım uysallaşmak yerine gün geçtikçe daha da hırçınlaşıyordu. Eğer hayvanlar arasında da köyümüzün delisi gibi deli olanlar varsa, Hanım kesinlikle deliydi.

Alaca ve Çelek birkaç gün arayla Hanım gibi huysuzlanmaya, başka ineklerin üstüne çıkmaya başladılar. Onlar da

4 Ayçiçeği.

Hanım'ın aklına mı uydular nedir, babam onları da yularlarından tuttuğu gibi köyün boğasına götürdü. Köyün boğasından geldiklerinde süt dökmüş kediye dönmüşlerdi. Eğer bu bilmeceyi çözersem merada benden rahatı olmazdı. Ne kadar sorduysam babam vermedi bu sırrı.

Birkaç gündür arkadaşlarla göl yanındaki otlağa gidiyorduk. Bu seferde gölde yüzme talimleri başlamıştı arkadaşlarım için. Kurbağaların, su yılanlarının, su kaplumbağalarının cirit attığı, yüzeyi yemyeşil yosunla kaplanmış, en derin yeri iki adam boyunu bulan gölde, yüzmeyi öğrenmeye çalışan çocukların sevinç çığlıkları yükseliyordu. Arkadaşlarım gölde yüzmenin keyfini yaşarken ben kuyruğunu havaya dikmiş deli gibi koşan Hanım'ın peşi sıra o tarladan bu tarlaya koşturup duruyordum yine. Köyün bütün çocukları yüzme öğrenmişlerdi neredeyse. Suyun üstünde durmaya çalışıyor, ayaklarını hızlı hızlı vurarak, dönüp duruyorlardı gölde akşama kadar. Külotlarını çalıların üzerinde kurutmaya kadar zaman bırakıp hiç istemeselerdi çıkıyorlardı sudan.

Günler sonra Çelek ve Alaca'nın gebe olduğunu öğrendim babamdan. İkisi birlikte sessizce otluyor, Hanım'ın bu haline aldırmadan usul usul taze ot arıyorlardı. Hanım, diğer ineklerle durmadan dalaşıyordu. Boynuzlarını karşısındaki hayvanın boynuzlarına geçiriyor, burnundan dumanlar salarak eşiniyor, kafasını sallıyor, rakibini yere yatırana kadar hırpalıyordu. Kırda otlayan tüm hayvanların korkulu rüyasıydı bu gözü pekliğiyle. Köy boğası Hanım'da sihirli etkisini göstermiyordu. Kısır herhalde, diyordu babam. Kısır ineği kime satarsın, köyde herkes birbirini tanır. Kısır inek hiçbir işe yaramaz, kafesteki bülbül gibi zevk olsun diye inek beslenmezdi ki. Kasapların işine yarardı kısır inekler. Çölde leş bekleyen akbabalar gibi onları satacak saf köylülerin yollarını gözlerlerdi.

Yavaş yavaş her şeyi anlamaya başlamıştım. Artık Hanım'ın durumuna üzülüyordum. Belki de tüm öfkesi bu yüzdendi. Bütün delilikleri, ele avuca sığmayışı bu yüzdendi. Peşinde koştuğum anlarda sinirleniyor, sopayla sırtına vuruyordum. Sesini çıkarmıyor, vursan ne olur, ben yine yapacağımı yapıyorum diyordu sanki. Üzülüyordum. Sırtını okşuyordum. Uysallaşıyor, duruluyordu. O da anlamıştı her şeyi sanki. Daha bir sakinleşmiş, Çelek ve Alaca'dan ayrı otlamaya başlamıştı.

İşte böyle gelip geçti koskoca yaz, kâh darıldık, kâh barıştık Hanım'la. Okul vakti gelmişti. Sırtıma heybe yerine, içine sayfalarını bir kere bile aralamadığım kitapları doldurduğum çantamı alıyordum. Mera yerine okulun yolunu tutuyordum. Sıkıcıydı dersler. Dört duvar arasında saatlerce oturmak bunaltıyordu beni. Okul çıkışlarını dört gözle bekliyordum. Zil çaldığında önce ben fırlıyordum yerimden. Yolunacak bostanlar, koşup oynanacak çayırlar beni bekliyordu. Tarlalara koşuyor Hanım'ın çok sevdiği sarmaşık otundan yoluyordum çuvallar dolusu. Ne de olsa o da artık meraya çıkmıyor, benim gibi dört duvar arasında yaşıyordu.

Derslere olan ilgisizliğim öğretmenimin gözünden kaçmadı. Babamı okula çağırdığında ne konuşacaklarını az çok tahmin ediyordum. Öğretmen, benim için babama bu yıl daha ilgisiz demiş. Derslerini baştan savma yapıyor demiş. Aklı başka yerde demiş. Reçete mi de yazmış; bol bol hikâye kitabı okumalıymışım. Babam da nereden bulduysa Jules Verne'in üç tane kitabını (Balonla Beş Hafta, Aya Yolculuk ve Denizler Altında Yirmi Bin Fersah) eve getirmiş. Kitapları masanın üzerinde bulunca meseleyi az çok anladım. En iyisi tedaviye cevap anında cevap vermekti. Nasıl olsa artık ne gündöndü sopasından arabacık yapabilecek ne gölde köpek stili yüzebilecek ne de diğer kırlarda oynadığımız diğer oyunlar olacaktı. Kitapları büyük bir iştahla aldım elime. Üç gün dolmadan üç kitabı da bitiriverdim. Bambaşka bir dünyadaydım sanki. Dünya bizim köyden ibaret değildi artık. Ufkum daha da genişlemiş aya, denizlerin altına, balta girmemiş Afrika ormanlarına kadar açılmıştı. Okuduklarımı babaanneme anlattım ilkin. Pek oralı olmadı. Dinlemese de ben yine de anlatıyordum. Bazen kendimden de bir şeyler katıyordum Jules Verne'in hayal gücüne benim hayal gücüm de eklenmişti. Jules Verne'in yaratıcılığı beni adeta büyülemiş, kendimi bütün insanlığı kurtaracak bir bilim insanı olarak görmeye başlamıştım. Yeni icatlar üzerine kafa yoruyordum. Hanım'ın hamile kalmasını sağlayacak sihirli ilaç, babamın işe gitmesine gerek kalmayacak becerikli robot, erik ağacının tepesine kurduğumuz ağaç evimize çabucak çıkmamızı sağlayacak çıkrık sistemi öncelikli tasarılarımdı. Önceliği Hanım'ın sorununu ortadan kaldırmaya verdim. Otlaklara çıkamayışımızın sorumlusu sanki benmişim gibi Hanım aklıma geldikçe vicdan azabı çekiyordum. Küçük Prens'i bitirdiğim gün yanına koştum. Hikâyeyi ona da anlattım. Burnundan dumanlar çıkartarak aksırdı. Anlıyormuş gibi başını iki yana salladı. "Küçük Prens'in gezegeninde sadece bir tane gül varmış" dedim. "Düşünebiliyor musun, sadece bir tane! Sonra bir sürü gülü bir arada görünce şaşırdı. Ama hemen aklına kendi gülü, onun ne kadar özel olduğu geldi."

Annem, ahıra girip de benim kendi kendime konuşurken bulunca bir hayli şaşırdı. "Bu kadar çok okursan olacağı buydu" dedi. "Gördün mü bak, beynin sulandı işte."

Akşam evin bir köşesinde kartondan kestiğim astronotlarımla konuşurken buldu beni. Oysa ben, ışınlama cihazının mı yoksa zaman makinesinin mi daha çok işe yarayacağını tartışıyordum astronotlarımla. Annemin şaşkınlığının korkuya dönüştüğünü bana bakışından anladım.

Sonra vazgeçemediğim çizgi romanlar vardı. Uçan kazın

sırtında dolaştım durdum dünyayı. Şirinler Köyü'nde paylaşmayı öğrendim. Ya Şeker Kız, her gün mutluluk çiçeğini aramak için bir başka diyara yolculuk ederdi. Sonunda Şeker Kız ne kadar dolaştıysa bulamadı mutluluk çiçeğini, ta ki kendi bahçesine bakana kadar. Şeker Kız elimdekiyle yetinmeyi öğretti bana, mutluluğun çok uzakta olmadığını. Pinokyo'ya ne demeli? Pinokyo ağladığında insan olmuştu. Yalan söylediğinde uzaklaşmıştı insanlığından. Polyana huysuz teyzesini bile sevgisiyle yola getirmiş. Hasta kadına sevgiyle hayat vermişti. Red Kid fazla övülmeyi sevmiyor, hemen uzaklaşıveriyordu böyle bir ortamdan. Heidi dostluğun ne olduğunu biliyordu. Alp dağlarında yalnız başına keçilerini güden, okuma yazma bile bilmeyen Peter ile nasıl da içten dost olmuşlardı.

Kuraklık yüzünden o yaz mahsul iyi çıkmadı. Buğday verimi neredeyse tohuma yetmeyecekti. Süt verimi de yaz günlerinde olduğu gibi bol değildi. Tarhana çorbası içiyor ve uzun yaz mevsiminde kötü günler için hazırlanmış konserveleri yiyorduk her gün.

Sıkıcı bir okul gününün ardından vardığım evde, her zamankinden farklı bir yemek bekliyordu beni. Günlerden sonra et yemeği yiyordum. Annem ve babam sessizce benim iştahla yediğim yemeğe bakıyorlardı. Lokmalar boğazımda düğümlendi. Bu sessizlik, bu yemek endişelendiriyordu beni. Aniden yerimden fırladım. Ahıra koştum. Alaca ve Çelek yatmışlar alışılageldik sakinlikte geviş getiriyorlardı. Hanım'ın olduğu yer ise bomboştu. Biliyordum, Hanım'ı kasap almıştı. Ve ben dostumu, yıldızlarımızın bir türlü barışmadığı dostumu sofrada yemiştim. Kasapların kesilen hayvanın bir parçasını hayvan sahibine verdiklerine acı bir tecrübeyle şahit olmuştum. Annemle babamı asıl üzen ise, Hanım'ın kesilmesi değil, karnından çıkan küçücük buzağıydı...

www.ingramcontent.com/pod-product-compliance
Lightning Source LLC
Chambersburg PA
CBHW010545170726
48285CB00008B/2753